HEYNE <

Grégoire Delacourt

Wir sahen nur das Glück

Roman

Aus dem Französischen
von Claudia Steinitz

WILHELM HEYNE VERLAG
MÜNCHEN

Die Originalausgabe ON NE VOYAIT QUE LE BONHEUR
erschien bei Éditions JC Lattès, Paris

MIX
Papier aus verantwortungsvollen Quellen
FSC® C014496

Verlagsgruppe Random House FSC® N001967

2. Auflage

Vollständige Taschenbuchausgabe 02/2017

Printed in Germany
Umschlaggestaltung: © Nele Schütz Design unter Verwendung von shutterstock/Neirfy
Druck und Bindung: GGP Media GmbH, Pößneck
ISBN: 978-3-453-41997-1

www.heyne.de

Für das Mädchen, das auf dem Auto saß.
Es hat mich bis Dumbo fliegen lassen.

Schüttelt mich nicht, ich bin voller Tränen.

Henri Calet, *Peau d'ours*.

Ein Leben ist dreißig- bis vierzigtausend Euro wert, da kenne ich mich aus.

Ein Leben: Muttermund endlich zehn Zentimeter geöffnet, Hecheln, Geburt, Blut, Tränen, Freude, Schmerz, das erste Bad, die ersten Zähne, die ersten Schritte, neue Wörter, Zahnspange, Sturz vom Fahrrad, Angst vor Wundstarrkrampf, Witze, Cousins, Ferien, Katzenhaarallergie, Quengelei, Süßigkeiten, Karies, die ersten Lügen, verstohlene Blicke, der schlaksige Körper, zu große Ohren, Mauser, feuchte Träume, Kumpel, Mädchen, Pickelausdrücken, Verrat, Gutes tun, die Welt verändern wollen, die Arschlöcher töten wollen, alle Arschlöcher, Besäufnis, Rasierschaum, Liebe, Liebeskummer, Todessehnsucht, Abi, Uni, Radiguet lesen, die Stones hören, Rock, Trichlor, Neugier, der erste Job, die Party mit dem ersten Lohn, Verlobung, Hochzeit, Fremdgehen, noch mehr Liebe, Bedürfnis nach Liebe, die Sanftheit, die man weckt, das Opium der kleinen Zärtlichkeiten, Erinnerungen, die Zeit, die plötzlich schneller rennt, der Fleck auf der rechten Lunge, der Schmerz beim morgendlichen Pinkeln, neue Zärtlichkeit, die Haut, die Poren, ein verdächtiger Leberfleck, Zittern, Ersparnisse, die Wärme, die man sucht, Pläne für später, wenn sie groß sind, wenn wir wieder zu zweit sind, Reisen, blaue Ozeane, *Blood and Sand* in der Bar eines Hotels mit unaussprechlichem Namen, in Mexiko oder anderswo, ein Lächeln, frische Laken, der Geruch von Sauberkeit, ein Wiedersehen, ein hartes Glied, aus Stein; ein Leben.

Dreißig- bis vierzigtausend, wenn Sie sich überfahren lassen.

Zwanzig- bis fünfundzwanzigtausend, wenn Sie ein Kind sind.

Etwas mehr als hunderttausend, wenn Sie in einem Flugzeug sitzen, das Ihr Leben mit zweihundertsiebenundzwanzig anderen zugleich vernichtet.

Wie viel waren unsere Leben wert?

Erster Teil

FÜNFZIGTAUSEND DOLLAR

Im Fernsehen lief eine Sendung über die Lindbergh-Affäre, und wir sprachen in der Schule darüber. Ich war neun Jahre alt. Man erzählte uns von der Entführung, ein zwanzig Monate altes, pummeliges Baby mit blonden Locken, dann die Lösegeldforderung, fünfzigtausend Dollar, 1932 ein Vermögen. Und dann das Entsetzen. Nachdem das Geld übergeben war, hatte man die Leiche des kleinen Charles Augustus gefunden, fortgeschrittene Verwesung, schwere Schädelfraktur. Man hatte den Entführer gefasst und auf dem elektrischen Stuhl hingerichtet. An dem Tag packte uns beim Verlassen der Schule die Angst. Viele legten den Heimweg rennend zurück, ich auch, ich drehte mich ständig um und kam blass, zitternd, schweißgebadet nach Hause. Meine Schwestern lachten mich aus: Er ist wohl ins Wasser gefallen! So ein Doofmann! Sie waren knapp fünf Jahre alt. Meine Mutter musterte meine erbärmliche Erscheinung, dann drückte sie ohne Hast, geradezu genüsslich ihre Mentholzigarette aus. Ich warf mich in ihre Arme, und sie wich etwas zurück. War es Überraschung? Wir waren keine Schmusefamilie, bei uns gab es weder zärtliche Gesten noch sanfte Worte. Bei uns blieben die Gefühle, wo sie hingehörten: im Innern. »Wenn man mich entführen würde«, fragte ich zitternd, »würdet ihr euer Geld hergeben, Papa und du?

Würdet ihr mich retten?« Ihre ungläubigen Augen leuchteten plötzlich, wurden größer, dann lächelte sie, und da man ihr Lächeln selten sah, war es umso schöner. Sie strich mir eine Strähne aus dem Gesicht. Meine Stirn war kalt. Meine Lippen waren blau.

»Natürlich, Antoine«, flüsterte sie. »Wir würden für dich unser Leben geben. Unser ganzes Leben.«

Mein Herz beruhigte sich.

Ich bin niemals entführt worden. Sie haben also nie ihr Leben für mich geben. Und sie haben mich nicht gerettet.

ACHTZIG EURO

»Ein Luder, sage ich dir. Hab sie im Internet gefunden. Zuerst hatte ich Wahnsinnsschiss, voll die Paranoia. Dass man mich filmt, um mich zu erpressen. Oder mir in die Fresse haut, mir die Kohle, die Uhr klaut, mich umlegt. Ich hatte die Hosen voll. Ich geh auf die vierzig zu, genau wie du, Antoine, und ich krieg ihn hoch, *auf Anhieb*, wenn du kapierst, was ich meine. Aber das war was anderes. Als ich ankam, hatte ich wirklich Schiss. Türcode, kleiner düsterer Hausflur. Essensgeruch um elf Uhr vormittags, feuchte Treppe, wie in einem Dreigroschenfilm. Im Vierten, hat sie gesagt. Puls auf hundertachtzig. Ich merke, wie meine achtunddreißig Lenze auf mich zugerast kommen. Ich müsste Sport machen, wenigstens Rad fahren. Soll gut sein für die Pumpe. Mein Herz ist fast explodiert. Stell dir Fabiennes Gesicht beim Anblick meiner Leiche vor. Was hat er da zu suchen gehabt? Was wollte mein Mann da, verdammt, um elf Uhr früh! In einem Wohnhaus, wo im Vierten eine Nutte sitzt. Also brems ich ein bisschen ab. Im Dritten hol ich erstmal Luft. Nicht zu wild. Wie ein alter Köter, der sich zwischen zwei Tennisbällen ausruht, die du ganz weit wirfst, um ihn auszupowern. Ich mag keine Hunde, die stinken, wenn's regnet. Außerdem wird so ein Hund schnell alt, kriegt Metastasen und muss eingeschläfert werden. Jedenfalls sind im Vierten vier Türen, ich weiß nicht, welche es ist. Aber eine ist offen, geht vielmehr grad auf. Ich geh langsam drauf zu, vorsichtig, hab immer noch Muffensausen. Ich krieg keinen hoch, denke ich. Sie steht hinter der Tür. Verdammt nochmal, superklein, kein bisschen Ähnlichkeit mit dem Foto im Internet. Immerhin hat sie ein hübsches Lächeln. Es ist gar keine richtige Wohnung, bloß ein Schlafzimmer, stockfinster, ein Bett, weiter nichts. Ein Computer, eine Kleenexschachtel. Ich stecke ihr die achtzig Euro zu, sie zählt nach und hopp, sind sie verschwunden. Dann kommt sie zu mir, macht meine Buxe auf. Ohne Vorwarnung. Ich sehe mich um. Nichts. Kein kleines rotes Kameralämpchen. Nichts. Nur das klamme Elend. Eigentlich ist es ein Glück, dass Fabienne solche Sachen nicht mag. (Schweigen.) Ich bitte auch nicht so gern darum. *Blas mir einen.* Das sind doch keine Liebesworte. *Fellatio* auch nicht. ›Zungentriller‹ klingt wenigstens lustig. Doch, Antoine, ›Zungentriller‹ klingt lustig, aber das ist auch kein Liebeswort. Ich liebe meine Frau, ich will ihr keine Schweinereien sagen. Deswegen die Kleine, wegen der Wörter, die ich nicht rausbringe. Um meine ganz persönliche Feigheit zu ersticken. Wir Männer haben nur eins im Kopf, das weißt du doch. Für achtzig Euro bläst sie mir einen, und ich brauche Fabienne nicht wehzutun.«

FFF goss den letzten Schluck Bier hinunter, seufzte vor Wonne, stellte langsam sein Glas ab und sah mich an. Er zog die Brauen hoch, seine Augen lächelten, und er stand auf.

»Lass stecken, ich geb einen aus«, sagte ich, als FFF sein Geld rausholen wollte.

»Danke, Antoine. Bis morgen.«

Und ich blieb allein.

Ich machte mir eine neue Zigarette an und nahm einen tiefen Zug. Der Rauch brannte im Mund und in der Lunge, ein herrlicher Schwindel. Die Kellnerin räumte unsere leeren Biergläser ab. Ich bestellte noch eins. Ich wollte nicht nach Hause und die Leere meines Lebens wiederfinden. Sie hatte ein schönes Gesicht, einen schönen Mund, einen tollen Körper. Halb so alt wie ich. Aber ich habe mich nicht getraut.

FÜNF FRANCS

Meine Eltern wollten ein Kind, um ganz schnell eine Familie zu werden, das heißt ein Paar, dem man keine Fragen stellt; ein Kind, um zwischen sich und der Welt einen gewissen Abstand zu schaffen. Damals schon.

Als sie von der Entbindungsstation kam, ging meine Mutter geradewegs in ihr Schlafzimmer, wo sie sich einschloss, um Mentholzigaretten zu rauchen und Françoise Sagan zu lesen. Sehr bald glich ihre Gestalt wieder der der zarten Schriftstellerin, sie hatte die Anmut einer Zwanzigjährigen. Wenn sie ab und zu aus dem Haus ging, um Gemüse, Milchpulver oder Zigaretten zu kaufen, und gefragt wurde, wie es dem Kind, im vorliegenden Fall mir, gehe, antwortete sie: »Sehr gut, glaube ich, sehr gut«, und ihr Lächeln bezauberte alle.

Die Strecke von der Klinik nach Hause hatte ich in einer Ente zurückgelegt. Mein Vater fuhr vorsichtig, wahrscheinlich war ihm die Zerbrechlichkeit seiner Fracht bewusst: drei Komma zwei Kilo Fleisch und Organe, fünfundsiebzig Zentiliter Blut und vor allem eine offene, pulsierende Fontanelle, die eine Ungeschicklichkeit leicht hätte aufreißen können. Er setzte uns vor dem Haus ab, ohne aus der Klapperkiste auszusteigen. Es waren also nicht seine Arme, die mich auf dem Weg vom Wagen bis zu der weißen Wiege im

Schlafzimmer vor den Unbilden des Zufalls schützten. Er überließ es meiner Mutter, mich allein dort zu betten, allein das schönste Baby der Welt zu bestaunen, allein die Nase einer Großmutter, den Mund eines Vorfahren in meinem Gesicht zu erkennen. Er ließ uns allein, er nahm seine Frau nicht in den Arm, er tanzte nicht. Er fuhr einfach zurück in die Drogerie. Dort arbeitete er seit mehr als einem Jahr unter der Anleitung des Besitzers, Monsieur Lapchin, einem Witwer ohne Erben, der überglücklich war, meinen Vater angeheuert zu haben. Dieser neue Gehilfe schien Wunder zu vollbringen. Für picklige Halbwüchsige mixte er auf der Basis von vierprozentigem Benzoylperoxid wirksame Salben zusammen, für verstörte Damen Gifte gegen Ratten, Mäuse, Spinnen, Schaben, gegen Kakerlaken und manchmal gegen kalte Laken: »Drei Tropfen auf die Zunge vor dem Zubettgehen, und morgen fühlen Sie sich wie auf einer Südseeinsel, in einer blauen Lagune. Das macht fünf Francs, Madame Jeanmart.« »Trifft sich gut, ich habe einen ganz neuen Schein, bitteschön. Fünf Francs, um glücklich zu sein, das ist nicht teuer, danke, danke.« Mein Vater hatte Chemie studiert, er liebte die Poesie, aber seine Träume vom Nobelpreis waren mit dem Auftauchen meiner Mutter verflogen. »Sie hat mich neutralisiert«, sagte er später ungerührt, so als hätte er *Löslichkeit* gesagt. Oder *Polymerisation.* Durch sie verlor er die Orientierung, den Kopf, die Hose – das erklärt mich – und ein paar Haare. Sie hatten sich an einem 14. Juli in Cambrai auf der Place Aristide-Briand getroffen. Sie war mit ihren Schwestern da. Er mit seinen Brüdern. Ihre Blicke kreuzten sich. Dann verhakten sie sich ineinander. Sie war groß, schlank, rotblond, hatte schwarze Augen; er war groß, schlank, dunkelhaarig, hatte hellgrüne Augen. Sie waren voneinander verzaubert, obwohl der Zauber damals höflich blieb: ein Lächeln, das Versprechen eines Wiedersehens, ein

Händedruck. Sie trafen sich am nächsten Tag im Teesalon Montois. Meine Mutter erzählte mir später, am helllichten Tag, ohne Musik, ohne Feuerwerk, ohne das Glas Champagner und die sanfte Euphorie habe sie ihn weniger betörend gefunden. Aber gut, er hatte grüne Augen, und sie träumte von einem Mann mit grünen Augen; auch wenn niemand von einem Laboranten träumt. Sie gaben sich andere Versprechen, nahmen einander mit nach Hause zu den Eltern. Student der Chemie. Studentin von gar nichts. Er war zwanzig, sie siebzehn. Sechs Monate später heirateten sie. Am 14. Januar. Die Hochzeitsfotos sind Gott sei Dank schwarzweiß. Man sieht also weder die blauen Lippen noch die extreme Blässe meiner Mutter, deren rotblonde Haare wie Stacheln zu Berge standen. Die Kälte. Damals schon diese Kälte, die ihre Liebe erstarren ließ und die grünen Augen verdüsterte.

So weit ich zurückdenken kann, so weit ich gesucht, nachgeforscht habe, und so weit ich auch geweint habe, scheint es mir, dass sich meine Eltern nicht geliebt haben.

SIEBENUNDZWANZIG EURO

Ich kam nicht dazu, mein Bier auszutrinken. Mein Handy vibrierte, eine Nummer erschien, die Frau meines Vaters rief an.

Sofort ihre Stimme, diese hohe Stimme, die mit dem Kirchenchor die *Vocalise* von Rachmaninow und das *Ave Maria* von Schubert singen konnte.

Ihre Stimme, plötzlich zerstört.

»Wir kommen gerade vom Arzt es ist entsetzlich entsetzlich ich weiß nicht was ich sagen soll wie ich es sagen soll wie ich es dir sagen soll aber er ist dein Vater es geht um deinen Vater man weiß noch nichts Genaues aber es hat nichts Gutes zu bedeuten es gibt Veränderungen Spuren im Dickdarm da soll es angefangen haben und ich habe den Arzt gefragt ob es sicher ist ob es das ist die Krankheit die man nicht aussprechen kann er hat mich ganz traurig angesehen ich schwöre dir dass er traurig war er ist ein guter Hausarzt er kennt deinen Vater gut er behandelt ihn schon lange und er war so traurig da habe ich begriffen ich bin nicht blöd weißt du ich bin zwar nicht deine Mutter aber ich liebe deinen Vater ich passe sehr auf ihn auf weißt du ich achte darauf was wir essen und er hat aufgehört zu rauchen weißt du für mich schon lange weil ich es nicht mehr ausgehalten habe ich habe mir Sorgen gemacht aber es ist nicht die Lunge es ist der Dickdarm da hat es angefangen sagt der Arzt aber es ist noch schlimmer stell dir vor als könnte es noch Schlimmeres als ganz schlimm geben die Leber es ist auf die Leber übergegangen Stadium IV hat er ganz traurig gesagt ich weiß nicht was man tun kann wenn es die Leber ist dann ist es aus das weiß ich das wissen wir alle außerdem breitet er sich aus ich könnte heulen mir die Haare ausreißen mir die Kugel geben ich habe darauf gewartet endlich in Rente zu gehen etwas von ihm zu haben und nun ist es aus es ist wie vorbei das Leben ist ein Elend es ist ungerecht scheußlich wir wollten in einem Monat nach Le Touquet fahren ich hatte eine Wohnung im Erdgeschoss reserviert damit es ihn nicht anstrengt ruf mich zurück wenn du willst wenn du kannst es ist schrecklich und zum Schluss wollte der Arzt siebenundzwanzig Euro haben es kostet siebenundzwanzig Euro zu erfahren dass der Mann den ich liebe sterben wird.«

Siebenundzwanzig Euro.

Ich bezahlte das Bier. Sah mich um. Die Caféterrasse war jetzt voll, alle lachten, rauchten, das pralle Leben. Nichts beunruhigte sie. Ich stand mühsam auf, trug mit einem Mal eine Last, spürte das Gewicht meines Vaters. Trug unsere Tonnen von Schweigen, unsere Feigheiten, all unsere Feigheiten, die winzigkleinen Abweichungen, die im Maßstab eines Lebens auf einen schlechten Weg geführt hatten. In eine Sackgasse. Am Ende eine purpurrote Wand. Die Kellnerin lächelte mir zu, und ich wollte weinen, mich in ihre Arme, ihre fahle Zärtlichkeit stürzen, traurig machende und befreiende Worte wagen, mein Vater liegt im Sterben, ich bin bald ein Waisenkind, ich habe Angst, ich will nicht allein bleiben, nicht fallen; ich wollte hören, ich bin da, Monsieur, ich bin ja da, ich bleibe bei Ihnen, haben Sie keine Angst, hab keine Angst mehr, komm, leg deinen

Kopf hierhin, drück ihn an meine Brust, denk an gar nichts mehr.

Aber ich habe mich nicht getraut.

Ich habe mich nie getraut.

ZWEI

Ich weiß nicht, ob ich meinen Vater geliebt habe.

Ich liebte seine Hände, die niemals zitterten. Ich liebte Natronbrause nach seinem Rezept. Ich liebte den Geruch seiner Experimente. Ich liebte, wie er schrie, wenn es nicht klappte. Wie er schrie, wenn es klappte. Und wie er in der blauen Küche unseres großen Hauses die Morgenzeitung ausbreitete. Liebte seine Augen beim Lesen der Todesanzeigen. Seine Stimme, wenn er zu meiner Mutter sagte: »Stell dir vor, der war so alt wie ich.« Er war stolz, immer noch am Leben zu sein. Sie verdrehte ungerührt die Augen zum Himmel, sie war schön mit ihrer kleinen, eleganten Verachtung. Ich liebte es, am Abend, nach der Schule, vor der Drogerie auf ihn zu warten. Ich sah durch die Scheibe, wie er erklärte und gestikulierte. Ich sah die verliebten Kundinnen. Die Versuchung. Mein Vater war nicht schön, aber er gefiel. In seinem Kittel wirkte er wie ein Gelehrter. Seine Jugend bezauberte. Genau wie seine grünen Augen. Ach ja, seine grünen Augen. Monsieur Lapchin stand im Hintergrund und jubelte. Das Geschäft brummte. Sie kamen wegen allem und jedem. Äthylen, Äthanol, Leim. Sie kamen von weither. Aus Raismes, aus Jenlain, aus Saint-Aubert. Sie kamen zu meinem Vater, Monsieur André. Sie verlangten nur nach ihm, standen erst vor dem Spiegel, dann in der Schlange. Sie erhofften sich

Zaubertränke von ihm, Schönheitscremes, Schlankheitssalben. Sie stellten sich vor, unter diesen Fingern, diesen Händen zu liegen, die niemals zitterten und Wunder zusammenmixten. Alle wollten von ihm auserwählt werden, aber diese war es geworden: ein Fräulein mit einem Weinfleck auf der Seidenbluse, wie Blut, ein gebrochenes Herz. Kommen Sie morgen wieder, Mademoiselle. Eine Ammoniakmixtur, und am nächsten Tag war die Bluse wie neu. Zwei feste Brüste unter der Bluse, ein Blick, ein Lächeln. Mein Vater lud sie in Montois' Teesalon ein. Nun sind sie fast dreißig Jahre zusammen.

In diesen dreißig Jahren hat er manchmal gelächelt. Als wir eine Familie waren, nie.

Es war kurz vor meinem sechsten Geburtstag. Meine Mutter hatte gerade meine Schwestern zur Welt gebracht, echte, fast siamesische Zwillinge. Anne und Anna. Anna kam sieben Minuten und achtzehn Sekunden später, war die jüngere und also die jüngste von uns Geschwistern. Steißlage. Dammschnitt. Ein Gemetzel. Mein Vater hatte inzwischen einen beigefarbenen Citroën GS, Kunstledersitze in zweifelhaftem Dunkelbraun, mit dem er meine Mutter und meine Schwestern aus der Entbindungsklinik abholte. Er parkte das Auto vor unserem Haus, stieg aus und ging nach oben in das rosa Zimmer. Zusammen mit meiner Mutter legte er die Mädchen in ihre Betten aus rosa Spitze, betrachtete sie lange und begeistert, vergoss sogar ein paar Tränen, dann nahm er meine Mutter in den Arm und tanzte mit ihr. Er flüsterte: »Danke, danke, sie sind wunderbar, sie sind so schön, sie sind wie du«, und meine Mutter flüsterte: »Du kennst mich nicht, André, red keinen Blödsinn.« Als er wieder runterging, sah er mich im Wohnzimmer sitzen. Er zuckte zusammen. »Ach, da bist du. Wenn du willst, kannst du hochgehen, um deine Schwestern anzuschauen.« Ich rührte mich nicht.

Ich wollte nur in seine Arme. Ich wollte nur wissen, dass er mich noch liebte, dass ich noch existierte, dass ich einen Namen hatte, einen Vater.

»Da.«

Es war das erste und einzige Mal, dass seine Finger zitterten.

»Da hast du zwei Francs zwanzig, hol mir ein Päckchen Gitanes, ich brauche dich jetzt.«

Siehst du, ich weiß nicht, ob ich meinen Vater geliebt habe.

Wann stellt ein Mann fest, dass er nie ein Held sein wird?

VIER FÜNFZIG

Ich verließ die Caféterrasse, ließ das Lachen, die neuen Begegnungen, FFFs kleines Luder für achtzig Euro dort zurück und wagte mich in die Nacht mit ihren beängstigenden Schatten.

Aus denen manchmal Tiere auftauchen.

»Er ist im Schlafzimmer er ruht sich aus«, sagte sie, als ich bei ihnen ankam. »Er ist in der Verweigerungsphase spricht von einer Episode es ist lieb dass du gekommen bist aber ich glaube wir sollten ihn nicht stören ich sage ihm dass du da warst das wird ihn freuen er wird Unterstützung brauchen du kennst ihn ja stolz wie er ist es wird nicht einfach sein er denkt immer dass er stabiler stärker als alle ist ich bin so traurig wenn du wüsstest wie traurig ich bin es ist lieb dass du gekommen bist Mist ich wollte nicht weinen jetzt kann ich nichts dagegen machen ein Glück dass er mich nicht so sieht es ist nicht schön wenn eine Frau weint das macht einem Angst wenn die Schminke verläuft das ist sehr hässlich ach es ist so entsetzlich was uns passiert.«

Ich nahm sie in den Arm, ließ sie lange weinen. Ich dachte an die Tränen meiner Mutter, manchmal wenn sie allein war, wenn sie um das Leben weinte, das sie nicht gehabt hatte. »Grüne Augen sind nicht alles«, hatte sie mir einmal gesagt,

»sie schenken dir keinen Rausch, sie sehen dich nachts an, machen sogar ein bisschen Angst.«

Nach der Geburt meiner Zwillingsschwestern zog meine Mutter in ein eigenes Schlafzimmer. »Enthaltsamkeit ist besser als fehlende Leidenschaft«, sagte sie. Später würde sie sich ein paar Liebhaber nehmen, sich in ein paar Illusionen verlieren. Sie würde anfangen, helles Bier zu trinken, würde trotz der Verwünschungen mancher Leute niemals ihre Mentholzigaretten aufgeben und im Rauch von den Leben träumen, die sie hätte haben können, von Meeresufern, an denen der Wind die Hüte in die Luft wirbelt und die Wangen rötet, wo man den Schmerz herausbrüllen kann, weil der Wind die Worte erstickt und niemand sie hört. *Traurigkeit, Kummer, Schmerz, Feigheit.*

Meine Mutter liebte sich nicht genug, um glücklich zu sein.

Einmal kam sie nachts und legte sich neben mich in mein kleines Bett. Ich machte ihr Platz, presste mich an die Wand, überglücklich, dass sie da war. Eine ganze Weile sagte sie gar nichts. Ich lauschte ihrem beruhigenden Atem und fand so das Gefühl jener allzu seltenen Momente von Frieden, von unendlicher Freude wieder, wenn sie mir erlaubt hatte, bei ihr im Wohnzimmer zu bleiben, während sie las und rauchte. Ich liebte den säuerlichen Geruch ihres kleinen Nebels, ich versuchte ihn zu schlucken, mich mit ihm zu imprägnieren. Das Menthol war ihr Geruch, ich wollte ihn an mir haben, weil mir ihr Streicheln, ihre Worte, ihre Blicke fehlten. Später, als sie fort war, bat ich meinen Vater, mir daraus ein Parfüm herzustellen - das tat er, auf der Basis von $C_{10}H_{20}O$, angereichert mit ätherischem Pfefferminzöl. Sie blieb lange neben mir liegen, und als ich dachte, sie sei eingeschlafen, kamen die Worte heraus, sanft und sehr ernst: »Werde niemals wie dein Vater, Antoine, werde brutal, stark, bedien dich, schubs die Frauen, lass sie wirbeln, lass sie träumen, versprich ihnen alles, auch das, was du nicht halten kannst, wir leben alle von den Hoffnungen, nicht von der Wirklichkeit. Die Wirklichkeit ist was für Esel und Idioten, Abendessen um halb acht, Mülleimer wegbringen, Abendkuss, die Sonntagstörtchen für vier fünfzig bei Montois, ein Leben ist so schnell vergeigt, so schnell, Antoine.«

Ihre heißen Tränen liefen über meinen Hals, während ich so tat, als würde ich schlafen.

Die Frau meines Vaters wischte ihre Tränen ab, bedankte sich noch einmal, dass ich gekommen war, bedankte sich für meine Freundlichkeit. Es war aber keine Freundlichkeit, es war Feigheit. Ich fürchte mich vor dem Bösen, dem Schmerz, dem Verfall, ich fürchte mich auch davor, verlassen zu werden, vor Kälte und Hunger, fürchte mich vor einem Leben ohne Schönheit und ohne Liebe. Aus mir ist nicht der Mann geworden, von dem meine Mutter geträumt hatte, so beherzt war ich nicht.

Ich umarmte die Frau meines Vaters und ging nach Hause.

DREISSIGTAUSEND EURO

Der Ball war über die Gartenmauer geflogen. Das Kind war rausgerannt, um ihn zu holen. War auf die Straße gelaufen, ohne aufzupassen. Und das Motorrad konnte nicht mehr ausweichen. Die Bremsspur zeigte, dass es die erlaubte Geschwindigkeit knapp überschritten hatte. Das Kind wurde umgestoßen. Sein Kopf schlug heftig auf den Boden. Es lag sechs Tage im Koma. Der Motorradfahrer war etwa dreißig Meter gerutscht, das linke Bein unter der hundertachtzig Kilo schweren Maschine eingeklemmt. Ihm musste der Fuß amputiert werden.

Ich wurde losgeschickt, die schwere Honda zu untersuchen, eine Hornet.

Das ist mein Beruf. Ich soll sehen, was man nicht sieht, erklären, was man nicht erklären kann. Im Auftrag von zwei Versicherungsgesellschaften. Bei diesem Unfall waren viele Dinge zu berücksichtigen: Entschädigung für das erlittene Leid (EL), bleibende körperliche Schäden (ein amputierter Fuß), Beeinträchtigung des Wohlbefindens (noch einmal der Fuß), Beeinträchtigung der Einsatzfähigkeit (BEF). Der Betrag der Heilungskosten vor Wiederherstellung (HKW), Erstattung oder Instandsetzung des Fahrzeugs usw. Am Motorrad waren Auspuff, Ausgangsritzel und Zylinderkopf manipuliert, das Motorrad war also getunt. Damit war die

Schuldfrage geklärt: dreißigtausend Euro Strafe, zwei Jahre Gefängnis.

Der Motorradfahrer würde also gar nichts bekommen. Die Eltern des Kindes würden Forderungen an ihn stellen. Er würde verlieren. Würde aus eigener Tasche die Schäden zahlen müssen, die dem kleinen Fußballer entstanden waren. Kurz und gut: Sein Leben war hin.

Manchmal war ich wie berauscht von der Vorstellung, das Leben der anderen verändern zu können. Im besten Fall war ich ein Engel, im schlimmsten ein perfektes, über jeden Zweifel erhabenes Monster. Ich konnte z. B. verschweigen, dass das Motorrad getunt war, dann würde mein Klient mit einem fehlenden Fuß, aber auch fast hunderttausend Euro Entschädigung davonkommen.

Genug, um einem neuen Leben entgegenzueilen, sich in der Sonne niederzulassen, *Blood and Sand* in der Bar eines Hotels mit unaussprechlichem Namen in Mexiko oder anderswo zu trinken. Das zu erleben, wovon wir alle träumen und was wir nie machen. Meine Mutter hätte auch gern hunderttausend Euro gehabt, dem Chemiker gesagt, dass die Chemie zwischen ihnen nicht stimmte, und sich davongemacht, sich entführen, von einem Kannibalen verschlingen, von einer Leidenschaft verbrennen lassen, bis nur noch Asche übrig bleibt.

Aber ich traute mich nicht. Ich habe mich nie getraut. Ich werde dafür bezahlt, dass man möglichst wenig bezahlt. Ich werde dafür bezahlt, weder Herz noch Mitgefühl zu haben, ich bin nicht berechtigt, einem Schiffbrüchigen die Hand hinzustrecken, in mir ist kein Platz für Anteilnahme, für Rührung, für die geringste Menschlichkeit, alles unbekannte Wörter. Das Leben meines Einbeinigen war im Eimer, so wie meins, von Anfang an.

Wo fängt die Feigheit an, Léon? Im Blick eines Mädchens,

das sich an einem 14. Juli auf einer Place Aristide-Briand nicht von grünen Augen lösen kann? In den Seufzern eines Chemiestudenten, der für ein Mädchen, das die Farbe seiner Augen liebt, darauf verzichtet, die Welt zu verändern? Im Mentholrauch, der einen allmählich betäubt und mit der Zeit auf die Schönheiten der Welt verzichten lässt? In den Händen, die das Kind verlassen, es sich selbst überlassen?

Wo fängt sie an? Man braucht keine Selbstmördermutter, keinen abwesenden Vater, keinen Erwachsenen, der einen schlägt oder belügt. Man braucht keine Tragödien, kein Blut. Ein böser Satz am Schultor genügt, da kennst du dich aus. Es genügt ein Kuss, den einem die Mutter nicht hinterher schickt, ein Lächeln, das sich nicht wie eine Feder auf deine Schulter legt. Es genügt, dass jemand dich nicht liebt.

Sehr früh habe ich gewusst, dass ich ein Feigling war.

FÜNFZIG CENT

Dabei habe ich als Kind versucht, stark zu sein.

Ich hatte mich bei Judo angemeldet, aber beim dritten Training demütigte mich ein Grüner Gürtel, kaum älter als ich, mit einem *Juji Gatame*, einem gefürchteten Beinhebel über dem Schambein. Als ich dahinter kam, dass Worte, wenn sie gut sitzen, genau so hart treffen können wie Schläge - meine Mutter hatte meinen Vater mit einem »Du enttäuschst mich, André« am Plexus getroffen -, flüchtete ich in die Theatergruppe der Schule.

Dort lernte ich atmen. Meine Stimme richtig einzusetzen. Ich fand es gescheiter, mit Bauchstimme als mit nasaler Stimme »Schnauze!« zu sagen, und bedrohlicher, einen gespannten als einen schrumpeligen Körper zu haben. Dort lernte ich, dass man beeindrucken muss, aber ich war nicht beeindruckend, ich hatte weder das Gewicht noch die Substanz, aus der die Männer sind, von denen meine Mutter träumte. Meine Eltern waren bei meinem Anblick nicht in Verzückung geraten, weder in der Klinik, noch später - wahrscheinlich war keine Verzückung möglich. Trotzdem habe ich ein paar Frauen kennengelernt. Ich wurde verführt. Man wollte für mich sterben. Wollte mit mir leben. Wollte von mir Kinder, Zärtlichkeit. Man hatte Träume, in denen ich auftauchte, erwartete Dinge von mir, wollte mit mir Cocktails trinken, in Mexiko oder anderswo. Man wollte mein Glück.

Aber bevor diese ganze Begeisterung ausbrach, hatte man mich bei der Weihnachtsfeier einen der beiden Umzugsleute in *Du bist dran, ich passe* von Georges Feydeau spielen lassen. Eine stumme Rolle. Ich machte mir Schande, ich tat mir weh, und mein Sturz schrie danach, dass jemand mit mir fiel. Ich wollte immer noch stark sein. Im Schulhof fiel mir ein gewisser Frédéric Froment auf. Immer allein, Brillenschlange, Aluminiumgestell, Gläser dick wie Flaschenböden, so einer, den man im Supermarkt oder am Strand gern verliert. Ich schlug ihm vor, mein Freund zu sein. Er musterte mich von oben bis unten, dann lächelte er sichtlich gerührt, und ich schämte mich. Damals schon. Ich schlug ihm vor, nach der Schule zur Vesper zu mir zu kommen, und er willigte mit einer Freude ein, die mich heute noch rührt. Wir gingen durch den Monstrelet-Park, wo meine Feigheit siegte.

»Los, schlag dich!«

»Wie bitte?«

»Schlag dich, wenn du ein Mann bist.«

Und schon ballte ich die Fäuste, bereit zuzuschlagen. »Schlag dich! Verteidige dich!« Ich ging auf ihn zu. Drohend. Feige. So feige.

»Los, komm, schlag dich!«

Seine Fäuste hingen hoffnungslos herab. Meine rechte sauste los wie ein Pfeil und donnerte gegen seinen Mund, ich verletzte mich an seinen Zähnen. Ich blutete. Er blutete.

»Ich dachte, du wolltest mein Freund sein.«

Da löste sich meine Feigheit in Tränen auf, Frédéric Froment trat auf mich zu, und aus seinem blutenden Mund kamen die Worte, die mich für immer verdammten: »Ich weiß, wie es ist, wenn man nicht stark ist. Ich bin dir nicht böse. Ich hätte mich auch geschlagen. Ich auch.«

Meine blutrote Hand drückte seine. Wir ahnten es damals noch nicht, aber wir sollten Freunde werden und hätten es für immer bleiben sollen.

Beim Bäcker in der Rue Crèvecœur kaufte ich ihm ein Mars, fünfzig Centimes, meine erbärmliche Entschuldigung. Er schaute mich mit seinen kleinen traurigen Augen an wie ein geprügelter Hund. »Fehr nett, aber if glaube, du haft mir einen Fahn aufgeflagen.«

An dem Tag ist FFF entstanden, Léon.

Fahnloser Frédéric Froment.

SECHS FRANCS

Meine Mutter las Tag und Nacht. Sie las Françoise Sagan, Marie Cardinal, René Barjavel. Kaum aufgestanden, ging sie hinunter, um zu lesen. Ein Kindermädchen aus der Nachbarschaft kümmerte sich um mich, eine Polin. Danach kam die Krippe, abends ein Babysitter für sechs Francs die Stunde, obwohl sie doch da war, im Wohnzimmer. Sie rührte sich nicht, ihre Augen glänzten. Mein Vater behauptete, sie sei traurig, aber ich wusste, dass es von dem Bier kam, das sie oft schon morgens trank. Eines Tages gestand sie mir, sie sei zu jung gewesen, um ein Kind zu bekommen. »Nicht, dass ich dich nicht gewollt hätte«, sagte sie. »Mich wollte ich nicht.« Ich verstand es nicht, also versuchte sie es mir zu erklären: Sie hatte nie davon geträumt, eine perfekte Mutter und Hausfrau zu werden. Das interessierte sie nicht, weiter nichts. »Aber was ist mit mir?«, fragte ich. »Liebst du mich, Mama? Liebst du mich?« Die gleiche Frage wie deine, Léon. Sie antwortete: »Sicher.« Sicher, was soll das?

Ich bin mit Gerüchen aufgewachsen, die nicht ihre waren, in Armen, die nicht ihre waren, Léon. Ich bin mit dem Mangel aufgewachsen. Ich verletzte mich an der Leere. Darum möchte ich, dass wir heute Nacht zusammen bleiben, du, Joséphine und ich.

Deinen kleinen Tanten gegenüber war man nachsichtiger.

Man interessierte sich für sie. Machte ständig Fotos von ihnen, in Hülle und Fülle, ganze Alben voll. Meine Eltern klebten sie ordentlich auf, um sie nicht zu verlieren. Sie sammelten alles, jede Zeichnung, sogar die Haarschleifen. Sie waren verzückt von ihrer Ähnlichkeit, dem blassen Charme ihrer Gesichter, den grünen Augen, den hellen Locken.

Ich fand, dass sie wie zwei Porzellanpüppchen aussahen. Sie trennten sich nie, nicht mal, wenn sie zur Toilette mussten. In ihren Spielen war kein Platz für mich, ich zählte nicht, ich war unsichtbar. Ich war zwölf, sie sieben, wie du. Sie sprachen nicht mit mir, sondern *über* mich: Er riecht nicht gut. Sein Pulli ist hässlich. Er hat den Finger in die Nase gesteckt. Er hat Pickel auf der Stirn. Und auf der Nase. Weil er schmutzige Finger hat. Zum Glück war dein Großvater Chemiker, er hat mir eine Salbe gemixt, und meine Pickel verschwanden. Manchmal waren sie grausam; sie sagten, mit einem Bruder kann man nichts anfangen, wir hätten lieber ein Hündchen.

Eines Morgens ist eine meiner Schwestern nicht aufgewacht.

Und die ganze Familie ist implodiert.

ACHTZIG CENTIMES

Nachdem ich bei meinem Vater gewesen war, ging ich nach Hause, wo mich die Stille empfing. Das Haus war leer. Ihr wart bei eurer Mutter. Ich machte kein Licht, saß lange im dunklen Zimmer. Ich rauchte viel. Die Tränen kamen nicht. Ich glaube, ich war nicht traurig. Auch nicht wütend. Meine Angst ist anders.

Seine Krankheit äußerte sich nicht durch Schmerzen. Eine gigantische Heuchelei. Der Tumor hatte sich hinter dem Dickdarm ausgebreitet und die Lymphknoten erfasst, er hatte schon Metastasen in der Leber. Noch konnte er leben.

Ich werde dir sagen, dass du das Recht hast, nicht zu kämpfen, Papa, dass ich dir verzeihen werde, dass wir alle dir verzeihen werden, wenn du anstelle des überflüssigen, unabwendbaren Leidens lieber ein paar Tage im Riva am Comer See wohnen, im Bentley die Provence durchqueren, einen Pétrus von 1961 oder 1990 trinken, mit meinen Kindern, mit Anna, mit den Lebenden lachen oder ein letztes Mal die Fotos von Anne ansehen willst. Wenn du dich lieber an die Dummheiten erinnerst, an das Wiedersehen, die Vergebung glaubst.

Ich zündete die x-te Zigarette an und lächelte bei der Erinnerung an das einzige Mal, als wir zu zweit, nur wir beide, im Restaurant gewesen waren.

Café de la Gare.

Er setzte eine ernste Miene auf, das Wassergrün seiner Augen trübte sich, eine Schlammwelle. Wir aßen schweigend unseren Remouladensellerie, dann wischte er sich mit der rauen Baumwolle seiner großen weißen Serviette die Lippen, bevor er anfing zu reden.

»Ich habe einen Brief von einem gewissen Herrn V. bekommen. Er schreibt, dass seine Tochter die Nacht mit einem Jungen verbracht hat.«

Ich errötete. Hätte ich meine Vorspeise nicht schon aufgegessen, hätte ich mich daran verschluckt.

»Er schreibt, dass du dieser Junge bist, dass es diesen Sommer in England passiert ist, dass sie erst vierzehn ist, dass das ein Skandal ist. Und dass er mich wegen Verführung Minderjähriger anzeigen wird, wenn du versuchen solltest, sie wiederzusehen, ihr zu schreiben, mit ihr zu telefonieren, ja auch nur eine einzige Sekunde an sie zu denken.«

»Dich?«

»Mich. Bis du volljährig bist, bin ich verantwortlich. Also wirst du diesem Herrn schreiben und ihm versprechen, alles zu tun, was er von dir verlangt. Hier hast du achtzig Centimes für die Briefmarke.«

Das war Mitte der achtziger Jahre. Ich war gerade fünfzehn geworden und war sehr in Patricia verliebt. Sie war klein, hatte kastanienbraunes Haar, große graue Augen, so grau wie ein Regenhimmel, und ein strahlendes Lächeln. Ein schüchternes, unerwartetes erstes Mal, Lachen, Tränen, trockene Münder. Und dann dieser Faustschlag. Diese achtzig Centimes, der Preis für meine Feigheit als angehender Mann.

Fragst du mich nicht, ob es schön war, Papa? Empfängst du mich nicht in deiner Welt der Großen? Öffnest du mir nicht die Arme für ein Fest?

Ich verließ die Kindheit durch die Hintertür, die Tür der Schande.

Nein, ich frage dich nicht, ob es schön war. Ich will nichts hören, das hat es nie gegeben.

An jenem Abend habe ich dich verloren, Papa, da hat unsere Schwäche gesiegt. An dem Abend begann meine Jugend als Waisenkind.

Dann sah ich zu, wie du dein Steak sorgfältig zerschnitten und gekaut hast. Du hast dir viel Senf genommen. Mir war der Hunger vergangen. Auf blutiges Steak wie auf deine Zärtlichkeit. Und als du geschluckt hast, habe ich mir vorgestellt, dass du das Wenige, was in meinem Leben gut war, zermalmst und verschluckst. An jenem Abend habe ich mich zum Verzweifeln leer gefühlt. Seither hat keine Geste, kein Blick, kein Satz von dir dieses Leid zu lindern vermocht.

Als ich zu Hause meine Zigarette ausdrückte, quollen die Tränen hervor. Endlich weinte ich um diesen Vater. Den in einem Bahnhofslokal verpassten Vater, den Vater, von dem ich so oft geträumt hatte, von dem ich mir vorgestellt hatte, was aus uns, aus uns allen geworden wäre, wenn er an jenem Abend seine Arme geöffnet hätte. Wenn er mit mir gesprochen hätte wie mit einem Mann. Wenn du mich gefragt hättest: Liebst du sie? Dann, komm. Komm, steh auf. Gehen wir zu ihr, und wenn ihr Vater Theater macht, kriegt er einen Schuss Propionsäure ins Gesicht. Also wirklich! Komm schon.

Und bei diesen Träumereien lachte ich. Ich lachte.

SECHSHUNDERTFÜNFZIG FRANCS UND SIEBZIG CENTIMES

Die Beisetzung sollte an einem Dienstag um elf Uhr stattfinden. Entgegen der Bitte meiner Eltern um eine Beerdigung im kleinen Kreis war die Kirche voll. Außer den Cousins, einigen Tanten und Onkeln, Nachbarn und Bekannten waren vor allem die Kundinnen von Lapchin vollzählig erschienen, um dem Mann beizustehen, der sie so oft vor der Schande, einem Soßenfleck, den Verwüstungen einer Mottenplage, angerostetem Silber oder schmerzhaften Furunkeln gerettet hatte. Der Kummer meines Vaters bekümmerte sie. Meine Mutter wollte, dass alles schnell zu Ende ginge, dass alles verschwand. Der Leichnam. Die Gefühle. Sie verstand nicht, warum ihnen sechshundertfünfzig Francs und siebzig Centimes für die »Grundversorgung eines Kindes unter zwölf Jahren« in Rechnung gestellt wurden.

»Sie ist tot, sie ist tot«, wiederholte sie, »wozu muss man sie versorgen? Ein verstorbenes Kind versorgt man nicht, das verwest. Das lässt alles verwesen, alle, die es geliebt haben.«

Damit sie sich nicht noch mehr aufregte, hatte mein Vater allein den Sarg »Kind« (ab einem Meter) ausgewählt, Pappel, achtzehn Millimeter dick. Auf dem Friedhof fing es an zu regnen, und die Frisuren der Damen fielen in sich zusammen. Die Tränen wurden schwarz, blau, grün, braun, orange, violett, die ganze Palette von Wimperntusche und

Lidschatten. Die Gesichter der Frauen ähnelten Kinderzeichnungen: dünne Bäumchen, Spinnennetze, Sonnenstrahlen, blauer Regen, schwarzes Korn. Man lächelte, lachte hier und da, was traurig sein sollte, war leicht und anmutig geworden, wie die Seele eines kleinen Mädchens. Meine Schwester war im Schlaf gestorben, und weder der Arzt noch der Gerichtsmediziner konnte eine Ursache finden. Vielleicht liebte sie ihr Halbleben nicht mehr, vielleicht hatte sie begriffen, dass sie nur einer von zwei Flügeln war, dazu verurteilt, im Kreis zu fliegen.

Nach dem Friedhof kamen alle zu uns. Es war wie in einem Fellini-Film. Die Frauen mit den scheckigen Gesichtern. Die Männer grau, triefend und dünn. Man trank, knabberte Petits Fours von Montois, der Champagner löste die Zungen, man kam sich näher.

Ist das nicht traurig, ein kleines Mädchen, das einfach fortgeht? Sieben Jahre, stellen Sie sich das vor. Eltern dürften niemals erleben, wie ihre Kinder sterben. Und die andere? Die Zwillingsschwester? Das ist Anne, oder? Nein. Anne ist die, die nicht aufgewacht ist. Die andere ist Anna. Wie verkraftet sie das? Sie sehen sich so ähnlich. Es ist entsetzlich, sie wird ihr Leben lang die Abwesenheit ihrer Schwester im Gesicht tragen.

Niemand sagte, dass meine Mutter an jenem verhängnisvollen Morgen ein paar Minuten gebraucht hatte, um zu erkennen, wer von beiden tot war; sie hatten den gleichen Schlafanzug, die gleichen lackierten Nägel, die gleichen braunen Locken. Während dieser Minuten der Ungewissheit hatte sie das ganze Grauen ihres Lebens übermannt.

Sie verließ uns noch am selben Abend. Sie ließ uns einfach zurück, in unserem großen Haus, in unserer blauen Küche, zwischen den leeren Sektgläsern, den vollen Aschenbechern, den Flaschen mit Champagner und Schnaps, den fettigen

Kartons von Montois, den Schuhschachteln voller Fotos unserer kleinen toten Schwester, wie kleine Pappsärge. Meine Mutter ließ uns zurück wie zu viel Geschirr im Spülbecken, zu viel Wäsche in einem Korb; sie hatte keine Kraft mehr, sie konnte nichts mehr tragen. Mein Vater versuchte ein Wort, eine Geste.

»Es ist vorbei, André, es ist vorbei, tut mir leid.«

»Aber du …«

»Nein. Dräng mich nicht, bitte.«

Sie nahm ein paar Sachen mit. Ihre Bücher von Sagan. Sie streichelte meine Wange, küsste die Stirn der Überlebenden, die nicht weinte, die kein Wort mehr gesagt hatte, seitdem ihre Doppelgängerin nicht mehr aufgewacht war.

Unsere Mutter ging fort.

Das war alles.

Sie schloss behutsam die Haustür hinter sich, als wollte sie, dass ihr letztes Geräusch etwas Sanftes sei.

Da rief uns unser Vater zu sich. Er saß in einem der Wohnzimmersessel im Louis-XV-Stil, den unsere Mutter mit einem psychedelisch orangerot gemusterten Stoff hatte beziehen lassen, wie es der Mode der Zeit entsprach. Er drückte uns an sich. Er schluchzte leise. Seine Schwäche brachte mich um. Plötzlich fing ich an, auf ihn einzuschlagen. Er unternahm nichts, um meinen Fäusten zu entgehen. Nichts. Irgendwie kam es mir so vor, als würden ihm die auf ihn niederprasselnden Schläge gut tun.

TAUSENDACHTHUNDERTSIEBZIG MILLIARDEN EURO

»Ist dir klar, was das für ein Chaos ist, Antoine? Kein Tag, an dem sie dir keine neue Steuer aufbrummen. Sie gehen dir an die Tasche. An die Unterhose. Einfach so. Ganz unschuldig. Sie schleichen sich ein. Setzen sich an deinen Tisch. Als würde ich zu irgendjemandem gehen und einfach von seinem Teller fressen, weil meiner leer ist. Du wirst sehen, Antoine, bald wird man die Schönen besteuern, weil die Hässlichen in ihrem Schatten stehen, und die Dicken, klar, weil sie mehr kacken als die anderen. Mehr Klopapier, mehr Wasser. Sie futtern mehr. Brauchen mehr Platz. Dann kommen die Dünnen ran, weil sie nicht genug futtern, nicht genug konsumieren. So gesehen würde man Milliarden einnehmen, wenn man die Idioten besteuern würde. Milliarden und Abermilliarden. Was geht hier eigentlich ab? Ehrlich mal! Die Beamten rührt man ebenso wenig an wie die Taxis und den Diesel, erst recht nicht das Gehalt der Abgeordneten, ihre Flugtickets, ihre Bahnfahrten, alles gratis. Nein, wir sind die Idioten. Uns fickt man in den Arsch. Bis hoch zur Kehle. Die Unternehmer zocken ab. Die Pharmalabors. Da wird keiner je eingebuchtet. Und die Typen, die den Radar erfinden. Aber mal was Nettes zu erfinden, das hat keiner drauf, z. B. eine Pille gegen das Elend der Menschen. Oder gegen die Traurigkeit. Was sollen wir machen? Was meinst du denn, was wir machen sollen? Uns auf die Autobahn legen? Steuerstreik? Flugzeuge blockieren? TGVs besetzen? Anscheinend kann nur in China ein Kerl allein eine Kolonne von Panzern aufhalten. Wir sind bloß Beiwerk. Tausendachthundertsiebzig Milliarden Euro Schulden haben sie uns aufgebrummt. Und wir rühren uns nicht. Wir meckern, ich meckere, und das hört man nicht. Keinen Furz hört man. Das macht mich wahnsinnig. Kotzt mich an. Komm, Antoine. Wir gehen einen trinken.«

FFF erinnerte an einen miesepetrigen Jean Gabin, wenn er richtig loslegte. Ich musste zwar grinsen, aber ich teilte seinen Zorn. Doch bei mir kam gar nichts raus, weder Worte noch Tränen. Ich traute mich nicht. Ich habe mich nie getraut. Ich gehöre zu denen, die einstecken, ich bin der Typ, der nichts sagt, wenn ein Taxifahrer die längere Strecke wählt oder wenn sich eine Alte unter dem Vorwand, dass sie alt ist, an der Kasse vordrängelt und mich wie der Taxifahrer reinlegt.

Meine Feigheit hat ihren Ursprung in diesem Zorn, der nicht rauskommt. Ich weiß, dass Vergebung noch nie eine menschliche Eigenschaft war, man muss kämpfen, sich trauen, wieder zum Tier zu werden, beißen, sich wehren, oder sich damit abfinden, dass man verschwindet.

Daran denke ich manchmal. An das Verschwinden.

Da ich nichts Dringendes zu erledigen hatte, gingen wir los, um mitten am Nachmittag ein Glas zu trinken.

»Unsere Mütter schreiben unsere Leben, weißt du.« Der Tag, an dem die Mutter von FFF den rosa fluoreszierenden Zeigefinger eines Haushaltshandschuhs in einer Packung Ravioli entdeckte, vor Entsetzen in Ohnmacht fiel und ihr Sohn herbeigestürzt kam, weil er dachte, sie sei tot, hat seinen Weg vorgezeichnet. Ob er wollte oder nicht.

»Wenn wir nicht aufpassen, machen sie irgendwann

Scheiße in den Schokoladenkuchen«, sagte er. »Oder Pferdefleisch in die Rinderlasagne.«

Nach dem Ingenieursstudium war er Berater für Ernährungssicherheit geworden, während ich mich nach drei Jahren Jura und einer soliden Kfz-Lehre bei der Versicherung als Gutachter niederließ. FFF war ein Kreuzritter. Die Geschichte hat ihm Recht gegeben: Rinderwahnsinn, Dioxinhühner, Maul- und Klauenseuche, Vogelgrippe, Kolibakterien. Er hatte schöne Träume für die Welt, aber du kannst dir sicher vorstellen, was die Welt nimmt, wenn sie zwischen einem Traum und einem Zwanzig-Euro-Schein wählen soll. Er war unabhängig, ich arbeitete für zwei große Versicherungsgesellschaften, wir teilten uns ein Büro; später stellten wir eine Sekretärin mit einer halben Stelle ein. Und manchmal gingen wir mitten am Nachmittag ins Bistro.

Der Kellner brachte unser Bier. FFF nahm einen großen Schluck und sah mich merkwürdig an, weißt du, so als wäre es nicht wirklich er, nicht wirklich ich, und im Tumult des Bistros, dem Lachen der einen, den Seufzern der anderen, flüsterte er: »Hast du noch nie Lust gehabt, mal richtig auszuflippen?«

ZWEI KAFFEEJETONS

Mit achtzehn versuchte ich Mädchen kennenzulernen.

Ich träumte von einer gewaltigen und tragischen Liebesgeschichte. Von etwas, das meine Mutter, meinen Vater und alle, die sich trennen und dadurch das Leben anderer zerstören und ihren Weg mit Leichen pflastern, das sie alle der Lüge überführen würde.

Ich träumte von einer zugleich kurzen und unendlichen Liebe.

Auf der Eisbahn fiel mir eine hübsche mollige Blondine auf. Ihre Virtuosität auf dem Eis erweckte den Eindruck von Leichtigkeit. Ich dachte an Ali MacGraw in *Love Story*, auch sie lief Schlittschuh, und sie liebte Mozart, Bach und die Beatles. Meine Lippen waren blau, meine Finger klamm. Dennoch rauchte ich lässig, ahmte die Gesten meiner Mutter nach, die mir damals so selbstsicher und verführerisch vorgekommen waren. Ich bemühte mich um virtuose Rauchspiralen. Erst nach siebenundzwanzig Runden schien sie mich endlich zu bemerken. Inzwischen weiß ich, dass die Frauen niemals alles beim ersten Blick verraten. Sie behalten etwas in Reserve. Männer sind ausgehungert.

Bei jeder der folgenden Runden schenkte mir die Eisläuferin ein Lächeln; bei der fünfzigsten schliffen ihre Schlittschuhe über das Eis und zeichneten hinter ihr zwei Kratzspuren. Sie kam genau vor mir zum Stehen. Entzückend war sie nur in Bewegung. Zu spät für einen Rückzieher. Schon hatte sie die Eisbahn verlassen, um sich zu mir zu stellen. Also kaufte ich zwei Kaffeejetons.

Fünf Minuten später waren wir mit unseren Getränken draußen in der Sonne, nach fünf weiteren kosteten unsere Zungen einander, eine Mokka-Java-Mischung, ihre war unglaublich sanft, ihr Mund warm, ihre Finger waren feucht, da gab ich die Lust auf eine tragische, kurze und endlose Liebesgeschichte auf, wollte plötzlich einen Körper, etwas Handfestes. Ich wollte das, was die Männer wahnsinnig macht. Sie zu Mördern werden lässt. Ich schob die Hand unter ihren Pulli; sie hinderte mich nicht daran. Ich berührte ihren Rücken. Die konkave Wirbelsäule. Die glatte Haut. Die Leberflecke. Den Büstenhalter, der die Rundungen einschnürte. Ich kämpfte, um ihn zu öffnen. Meine Finger fummelten herum. Plötzlich lachte sie. »Dummkopf, das ist vorn!« Mir fehlten ein großer Bruder, lebendige Zwillingsschwestern, ein Vater und sogar eine Mutter, um mir solche Geheimnisse zu verraten, mich zu lehren, ein starker, brutaler Mann, ein Verführer zu sein. Ich ergriff die Flucht, sie rief mich nicht zurück.

Ich hatte ihr nicht einmal meinen Vornamen gesagt, kannst du dir das vorstellen, Léon?

Danach lebte ich einige Zeit mit Djamila zusammen. Ich hatte sie bei FFFs achtzehntem Geburtstag kennengelernt. Wir verschwanden in meiner Studentenbude (sie studierte Literatur, ich Jura), wir sprachen wenig, unser Vokabular war *machen*, war *Liebe* und *Liebe machen*, war *schreien* und *kratzen*. Wie hatten wir das entbehren müssen. Ohne Zärtlichkeit und ohne Scham. Es war wunderbar. Sachen, die einen Mann aufgeilen; Dunkelheit, Absturz. Sie hat mich den Schwindel gelehrt, der die Frauen glücklich macht. Nie zuvor hatte ich die buschige Schwärze der dunklen Gassen gerochen, nie das rosige Fleisch, den Glanz der Haut gesehen, nie diesen Rausch erlebt. Wir verbrannten unsere tote Haut, unsere kleinen Menschlichkeiten, unser Kindheitsleid.

Und als wir uns eines Morgens erschöpft von der Vergeblichkeit unserer Suche trennten, war keine Traurigkeit zwischen uns, nur ein sanfter Blick, der Beginn einer möglichen Nachsicht. Wir trennten uns mit einer Handbewegung. Ein oder zwei Sätzen. »Ich wünsche dir alles Gute.« »Ich dir auch.« Ich glaube, ich sagte: »Sei glücklich«. Sie lächelte, sagte: »Na dann, tschüss«, und ging.

Später fand ich ein Buch von Modiano, das sie vergessen hatte. Ich habe es immer noch. Es ist mein einziges Foto von ihr. Und dann gab es noch andere »schöne Nächte, die vergehen«.* Eine davon war deine Mutter, Léon, war Nathalie.

Als ich ihr begegnete, glaubte ich, der Liebe zu begegnen.

* Alfred de Musset, *Mariannes Launen*.

ZWEIMAL DREIHUNDERT FRANCS

Auf Anraten derjenigen, die seine Frau werden sollte, und weil sie Sekretärin in einer Zahnarztpraxis war - Sie können mir vertrauen, Monsieur André, ich kenne mich in Medizinerkreisen aus -, schickte uns unser Vater zum Psychologen.

Seit dem gleichzeitigen Verschwinden unserer Mutter und unserer Schwester hatte Anna kein einziges Wort mehr gesprochen, und ich war immer noch wütend auf meinen Vater. Ich schlug nicht mehr auf ihn ein. Ich donnerte jetzt gegen die Zimmerwände, harte, direkte Schläge, von denen meine Hände blau wurden. Ich trat gegen mein Fahrrad, schmiss manchmal Kieselsteine gegen Fensterscheiben, warf Sachen auf die Erde, die kaputtgingen, den Rahmen mit ihrem schwarz-weißen Hochzeitsfoto, meine Zahnspange, meine Uhr. Ich wollte, dass die Zeit stehenblieb, dass sie für immer die Frische ihrer Gesichter, die Leichtigkeit ihres Duftes, die Farbe ihrer Augen, das exakte Rosa ihrer Lippen festhielt. Mir graute vor dem Horror, der Tag für Tag heraufdämmerte, vor diesem exakten kleinen Ende der Welt: dass all meine Empfindungen für sie verschwinden könnten, dass mir nichts Lebendiges von ihnen bliebe, nur eine Abstraktion, keine Körperlichkeit. Nichts.

Der Arzt war freundlich. Für zweimal dreihundert Francs

unterzog er Anna und mich einer ganzen Reihe Tests, wir mussten Fragebogen gegen die Trennungsangst und die Furcht vor der Trauer ausfüllen. Er ließ uns Bilder malen, um darin unseren Kummer zu entschlüsseln, und machte Übungen mit uns, um unsere Wut - vor allem meine - zu ermessen. Er stellte hundert Fragen, um unsere Verweigerung einzuordnen. Ich kam mit einem Antidepressivum, einer halben, niedrig dosierten Tablette Valium am Abend und wöchentlich zwei Terminen beim Psychologen davon. So lange wie nötig, sagte er.

Durch die Tabletten verkroch sich die Wut in meinen Bauch und kam nicht wieder raus.

Meine Schwester schickte man zum Logopäden, auch sie zweimal wöchentlich, und zu einem Osteopathen, für alle Fälle, um sie an den Mundnerven, am Kaumuskel und den Grübchen unter der Zunge zu kitzeln.

Zu ihrem ersten Termin begleitete ich Anna. Kaum hatten wir unser großes Haus verlassen, das nun leer war, ergriff Anna meine Hand. Ihre kleine Hand in meiner großen. Mein Herz raste. In all diesen Jahren hatten weder sie noch Anne mich je berührt oder umarmt. Ihre ganze Welt bestand aus der jeweils anderen, abgesehen von ein paar Zärtlichkeiten, die sie manchmal mit unserer Mutter austauschten. Oder ein paar Ängsten, die sie mit Streicheln beruhigte.

Ich blieb stehen, um sie anzuschauen, sie blickte mit ihren schönen grünen Augen zu mir auf und lächelte. Sie war gerade sieben geworden. Ich hatte vorher nicht gesehen, dass sie so hübsch war. Ihre kleine Hand drückte meine noch fester. In dem Augenblick wurde mir klar, dass wir Freunde werden würden.

Ich froh du mein.

Sie sprach nur noch jedes zweite Wort.

FÜNFHUNDERTSECHZIG EURO

Vor kurzem wurde ich bedroht. Nicht direkt. Nicht so wie im Film, wo ein Gauner mit geballter Faust auf dich zukommt: Warte nur, beim nächsten Mal … Nein. Schäbig. Kratzer auf meinem Auto. Scheiße - ich vermute von einem Hund - im Briefkasten des Büros. Graffiti an der Tür. Ein Totenkopf. Solche Dinge. Ich hatte jemanden im Verdacht, aber ich konnte nichts machen. FFF bestand darauf, mich zur Polizei zu begleiten und Anzeige zu erstatten.

»Wir werden nicht ermitteln, Monsieur«, erklärte mir der Wachtmeister, »hier liegen achthundert unbearbeitete Anzeigen, wir haben überall Kameras angebracht und schaffen es trotzdem nicht, die Sprayer zu erwischen, auch nicht die Taschendiebe und Uhrenwegreißer. Das Böse blüht. Es ist heimtückisch. Schlüpfrig wie ein Aal. Wir kommen immer zu spät, und wenn wir kommen, kriegen wir Pflastersteine und Beschimpfungen ab. Nein, wir machen keinen DNA-Test mit der Hundekacke, von der Sie reden. Wir sind hier nicht die Experten von Miami, wir sind die Polizeiwache an der Ecke, der Mülleimer für das Unglück der Menschen, Monsieur. Gestohlene Reifen, auseinandergebaute Roller, geohrfeigte Frauen, Prügeleien von Besoffenen, Kinder, die sich an Joints verbrannt haben. Ich fand es mal eine schöne Vorstellung, Gesetzeshüter zu sein, das ist doch ein tolles

Wort, *Gesetzeshüter*, aber draußen herrscht Krieg, ich hüte überhaupt nichts mehr, nicht einmal meine Illusionen. Das ist alles dahin. Wenn Sie Ihre Anzeige trotzdem erstatten wollen, kann ich Sie natürlich nicht daran hindern. Ich rufe einen Praktikanten, er wird die Formulare ausfüllen. Das wird eine Weile dauern, unser Computer ist kaputt.«

Einmal musste ich einen Fall von vermutetem Schleudertrauma prüfen: Einem Mann war ein anderes Fahrzeug draufgefahren, als er an einer roten Ampel anhielt. Neben den Schäden am Heck seines Wagens klagte er über Nackenschmerzen. Das berühmte Schleudertrauma. Die Akte sah folgendermaßen aus: AAU 7 Tage (ohne Unterbrechung der Arbeit), Leiden 2/7, BPPU-Rate (Beeinträchtigung der physischen und psychischen Unversehrtheit) 2 Prozent. Das Ganze summierte sich zu einer Gesamtentschädigung von siebentausend Euro. Das Opfer besaß einen 1998er Volvo S70. Bei diesem Modell spannt sich der dreistufige Sicherheitsgurt im Falle eines Schocks sofort, es gibt also keinen Elastikeffekt vor der Blockierung, der Körper wird nicht zuerst geschleudert und dann durch den Gurt brutal gegen den Sitz gepresst. Zwischen der ergonomischen Kopfstütze und dem Kopf des Fahrers ist praktisch kein leerer Raum. Aber gut. Der Mann litt. Da mir mein Beruf jedoch Mitgefühl untersagt, beschloss ich, seinen Tagesablauf durch einen Privatdetektiv kontrollieren zu lassen – siebzig Euro die Stunde. Nach zweimal vier Stunden Überwachung brachte er mir Fotos, auf denen man meinen Traumapatienten im *Macumba* in Gesellschaft von zwei jungen Frauen tanzen sah. Man sah ihn sehr deutlich; ein Hitzkopf der Halsverrenkung, ein Virtuose des Breakdance. Wirklich schöne Fotos. Ich verwarf den Entschädigungsantrag und bekam dafür Hundescheiße.

»Schon gut, ich verzichte auf die Anzeige.«

Zu Hause goss ich mir ein großes Glas Wein ein. Ich kochte. Meine Wut brodelte. Sie war seit dem Valium von damals nicht mehr hervorgekommen, lauerte in meinen Eingeweiden und fraß mich allmählich auf. Gern wäre ich stark gewesen, hätte es draufgehabt, dem Tänzer in die Fresse zu hauen, ihm die Zähne rauszuschlagen, den Hals umzudrehen, ihn seine Hundekacke fressen zu lassen. Die Kacke von allen, die uns das Leben zur Hölle machen. Schleichend. Ich hätte sie aneinanderreihen können, wie bei dem Spiel »Ich packe meinen Koffer«.

Das Arschloch, das dich beim Überholen schneidet.

Der Schneider, der schwört, dass du ihm fünf Euro gegeben hast und nicht zehn.

Der Zen-Buddhist, dessen Erleuchtung dir zu teuer war.

Die teure Nathalie, die mir eines Tages das Messer in die Brust stieß.

Aber ich konnte nicht. Ich schaffte es nicht. Man spielte mir übel mit, und ich ließ es an mir selbst aus. In jener Nacht habe ich in der Stille meiner Wohnung viel geraucht und getrunken. Ich wünschte mir, dass Ihr, Joséphine und du, da wäret, ich hätte Euch um Verzeihung gebeten, und ich hätte dem Chemiker verziehen, dass er mir seine Schwächen vererbt hat. Aber Verzeihen liegt nicht in unserer Natur.

Der Alkohol schläferte meine Wut ein. Meine atavistische Feigheit trug den Sieg davon.

In jener Nacht.

ALLE MEINE MURMELN

Ich verstehe, dass du nicht viel mit mir sprichst. Ich kenne deinen Kummer, den hatte ich in deinem Alter auch, und er ist immer noch da. Ich schlug auf mein Kopfkissen ein und kaute mir die Fingernägel blutig. Ich warf riesige Bucker, die ich gegen alle meine Murmeln eingetauscht hatte, gegen die Scheiben der Autos oder Häuser - ich liebte das Klirren von zerbrechendem Glas. Mir ging es wie dir. Ich hatte Angst. Ich hatte Angst, genau wie du. Ein Tag des Leids löscht tausend Glückstage aus. Das ist ungerecht. Wir hätten mehr miteinander reden sollen, wir beide, um uns besser kennenzulernen. Du bist ein pfiffiger, intelligenter Junge. Einmal habe ich meinen Vater gefragt, wo der Regen herkommt. Er hat zum Himmel geschaut und mit den Schultern gezuckt, als wäre meine Frage idiotisch. Er war Chemiker, ich weiß, dass er sich in solchen Dingen auskannte, auch mit Gewittern und den Gezeiten. Er hat meine Frage nicht beantwortet. Er hatte wahrscheinlich zu viel im Kopf, oder meine Frage war wie ein Betteln um Liebe, und das erschreckte ihn. Es ist eine schwierige Frage, Léon. Ich habe die Antwort gesucht, für den Fall, dass du mich fragen würdest, warum es regnet. Du hast mir die Frage aber nie gestellt.

Anna und ich blieben bei unserem Vater. Er konnte kein Rührei oder Mousse au Chocolat zubereiten, konnte weder

Anna Zöpfe flechten noch die Waschmaschine bedienen. Er nahm sich eine Putzfrau, danach dann eine Frau, die für ihn die Frau war und für uns die Putzfrau. Wir sprachen nicht viel miteinander, genau wie du und ich.

Ich weiß, dass wir uns nie an diejenigen wenden, die uns trösten könnten, wenn wir traurig sind. Und dadurch werden wir noch trauriger. Wir glauben, wir seien zur Welt gekommen, weil sich unsere Eltern lieb hatten. Dann kommen wir dahinter, dass sie uns nicht genug wollten, um bei uns zu bleiben. Aufwachsen heißt begreifen, dass man nicht so sehr geliebt wird. Das ist schmerzlich. Ich bin auch traurig wegen Mama, traurig, dass wir keine Familie mehr sind, dass es so gekommen ist, traurig, zu sehen, dass nichts von Dauer ist. Dass auch Liebe feige ist. Wenn du wüsstest, wie müde ich bin, Léon, welchen Kummer ich heute Nacht habe, wegen dieser entsetzlichen Sache, die ich tun werde.

Also: Wenn das Wasser unter der Sonne verdunstet, vom flüssigen in den gasförmigen Aggregatzustand übergeht, wird es leichter als die Luft, steigt auf und bildet die Wolken. Und wenn die Wolken dann in kältere Schichten aufsteigen, kondensiert das Wasser und wird wieder flüssig: Das ist der Regen. Da hast du die Antwort, Léon.

Es gibt aber noch eine andere, die ich dir gerne geben möchte und die ich für richtiger halte. Sie stammt von den Maori. Als die Welt erschaffen wurde, lebten Ranginui und Papatuanuku – oder Rangi und Papa – in inniger Umarmung zusammen und verurteilten damit ihre Kinder, zwischen ihnen in Enge und Finsternis aufzuwachsen. Aber ihrem Sohn Tane schmeckte das nicht, er legte sich eines Tages auf den Rücken und drückte Papa mit den Armen und Rangi mit den Füßen weg, bis er sie getrennt hatte.

Ranginui wurde der Vater Himmel. Papatuanuku die Mutter Erde. Und der Regen ist Rangis unendlicher Kummer.

DREI GROSCHEN

Ich erinnere mich, wie glücklich wir waren, als du geboren wurdest. Du kamst drei Jahre nach Joséphine. Nathalie hatte offenbar wieder eine glückliche Schwangerschaft. Die letzten drei Monate ging sie nachmittags nicht mehr hinaus, sie zog die Ruhe und Kühle des Hauses vor. In den letzten Wochen beschloss sie, die Küche und dann das Schlafzimmer zu streichen. Wir hatten damals große Ähnlichkeit mit der perfekten kleinen Familie in kitschigem Rosa aus den Hochglanzmagazinen. Es gibt viele Fotos aus dieser Zeit: Joséphine legt die Plüschtiere in das Bett ihres zukünftigen Brüderchens. Joséphine küsst den dicken Bauch ihrer Mutter. Joséphine zeichnet, malt, bastelt tausend Begrüßungsgeschenke. Joséphine macht im Wohnzimmer Kopfstand. Sie spielt mit ihrer Puppe Mutter und Kind. Joséphine ist entzückend. Nathalie pflanzt Hyazinthenzwiebeln in unseren kleinen Garten. Nathalie zeigt lachend ihre Brüste, deren Umfang sich verdreifacht hat. Nathalie wirft mir einen Kuss zu. Mein Vater steht lächelnd in unserer Küche, seine Frau hält seine Hand; Nathalie hatte Seebarsch im Salzteigmantel mit Thymian gemacht, der Fisch war verkocht. Auf den Fotos sieht man nicht, dass der Fisch verkocht war. Man sieht auch die verlogenen Komplimente nicht: *Der Barsch war perfekt.* Man sieht unser neues Auto. Man sieht mich, den Blödmann neben dem neuen Auto. Man sieht das Barbiedreirad. Man sieht Joséphine und Nathalie in der Badewanne. Man sieht Anna und ihren Mann Thomas in unserem kleinen Garten, neben einer verwelkten Hyazinthe. Meine Mutter sieht man nicht. Die Lügen sieht man nicht. Und man sieht auch nicht das Baby, das Nathalie ein Jahr zuvor nicht hatte austragen wollen, weil sie sich nicht sicher war, ob sie mich immer lieben würde. Diese kurze und unendliche, riesige und tragische Liebe sieht man nicht. Man sieht nicht meine Tränen, damals. Meine Nächte auf der Couch, damals. Meine Schlaflosigkeit, damals. Das lauernde Unglück, damals. Das Raubtier, das erwachte.

Wir sahen nur das Glück.

FÜNF EURO SIEBENUNDSECHZIG

Sein Lachen war verflogen. Das Grün seiner Augen hatte sich gänzlich im Grau aufgelöst. Die Sanftheit der Hände war verschwunden, sie waren wie mit Hornhaut überzogen. Von Zeit zu Zeit erschien auf seiner Stirn eine Krone aus Schweiß, brennend wie Säure. Er hatte abgenommen. Die Unterlippe seiner Frau zitterte, nicht zu beherrschen, wie ein Tick, wie Entsetzen, wie ein Schrei, der sich weigert, herauszukommen. Die Krankheit des einen rief die Angst der anderen hervor. Binnen weniger Wochen war mein Vater grau geworden. Verwandelte sich in einen kleinen Greis.

»Das kommt von den Tabletten er ist zu schwach sein Körper ist zu schwach für eine richtige Chemotherapie das hat uns die Onkologin gesagt eine sehr anständige sehr aufopferungsvolle sehr hingebungsvolle Frau ach was habe ich geweint Antoine das kannst du dir nicht vorstellen aber es ist besser er ist hier bei mir als im Krankenhaus im Krankenhaus erlebt man Schreckliches und in seinem Zustand ist es besser er sieht schöne Dinge wir schauen uns Musicalfilme an das entspannt ihn Musicals enden meistens gut voller Hoffnung.«

Die Frau meines Vaters ging allmählich unter. Er hielt sich mit seinen Lügen über Wasser. Das ist nichts. Es ist gutartig, sehr früh erkannt. Kein Grund zur Sorge.

Ihre Unterlippe spielte verrückt. Es tat mir leid für sie. Ich erinnerte mich, dass Anna und ich gemein zu ihr gewesen waren, als sie sich im Haus einrichtete, die Schränke unserer Mutter mit ihren Sachen füllte, das halbe Waschbecken in Beschlag nahm, die zurückgelassenen Cardinals, Barjavels und Sagans in den Keller brachte. An manchen Abenden standen wir hinter der Tür ihres Schlafzimmers und hörten sie schluchzen. Ihre Tränen waren für uns Kinder ein Triumph. Wenn unser Vater uns beiseite nahm und uns anflehte, nett zu ihr zu sein, rannten wir weg und riefen: »Niemals! Niemals!« Wir wünschten uns, dass sie unglücklich wäre, damit sie fortging, wir wünschten uns, dass sie tot wäre, wünschten uns, dass sie nicht mehr da wäre, nichts sollte von ihr übrig bleiben, für den Tag, an dem unsere Mutter zurückkehren würde. Aber die eine blieb, und die andere kam nie wieder.

Nach dem Verschwinden unserer Mutter hatte er sich das Biertrinken angewöhnt. Abends, in der blauen Küche, trank er schweigend, bis Tränen flossen. Anna und ich saßen im Schlafanzug auf den Stufen der dunklen Treppe und beobachteten ihn. Manchmal weinten wir auch. Und manchmal glitt die kleine Hand meiner Schwester in meine. Sie sagte: *Ich jeden aufwachen, schwöre dir.* Manchmal: *Warum Anne nicht*. An manchen Abenden schlief mein Vater auf dem Küchentisch ein, sein Kopf lag auf dem Teller. Früh morgens, wenn wir aufwachten, war er schon fort. Wir schauten vor der Schule bei Lapchin vorbei, um uns zu vergewissern, dass er dort war und noch lebte, und er war da, er spielte sich vor den Verlassenen, den Fleckigen, den Witwen auf und bewies ihnen die Wirksamkeit seiner Wundermittel.

Dann trat die Seidenbluse mit ihrer schönen Brust in unser Leben. Unser Vater machte Schluss mit dem Bier und schlief nicht mehr in der Küche, sondern in seinem Bett. Wegen ihr verzichtete er auf die Zigaretten. Auf Pommes Frites. Auf Wurst. Auf Hammelfleisch. Auf Palmöl. Auf Vollmilch. Auf Schokolade. Sie hatte noch keinen anderen gehabt, dieser sollte ihr lange erhalten bleiben. Unendlich lange, hatte sie verträumt lächelnd erklärt, am Anfang, vor alldem.

Die Unendlichkeit dauerte etwa dreißig Jahre und endete im Wasser. Tränen, Schweiß, Pisse, Sabber. Nach der Schönheit kommt immer die Hässlichkeit. Nichts Schönes bleibt übrig.

»Ich hatte kein Kind aber seit dein Vater krank ist kommt es mir vor als hätte ich eins komisch dieses Gefühl man glaubt dass man die Dinge auch für sich macht um unvergessen zu bleiben aber ich glaube das stimmt nicht man bleibt immer allein und das macht mich traurig.«

Ich machte drei von den sechs Leffe auf, die ich mitgebracht hatte, ein fünf Euro siebenundsechzig kleiner Rausch.

»Das hättest du nicht tun sollen, Antoine.«

»Doch, doch«, sagte mein Vater, »das ist sehr gut, so wie es um uns steht.«

Wir stießen an. Auf die Musicals. Auf die Metastasen. Auf das Wetter, das kühler geworden war. Wir stießen auf irgendwas an.

Das Leben entglitt uns zwischen den Fingern.

EIN FRANC

Ich froh du mein.

Als sie das zu mir sagte, lächelte sie. Ihre grünen Augen strahlten. Es musste etwas Schönes, Leuchtendes sein. Die Taufe unserer Freundschaft. Eine Verbindung der Überlebenden, die sich niemals lockern würde. Ich bin froh, dass mein Arzt. Nein. Ich bin froh, dass du mitgekommen bist. Nein. Nein. Ich bin froh, denn du bist mein Bruder. Ja. Ja. Ja. Ich war überwältigt. Sieben Jahre höflicher Gleichgültigkeit verflüchtigten sich, wir wurden Freunde, einander unentbehrlich. Die Abwesenheit von Anne und unserer Mutter vereinte uns. Fest miteinander vertäut würden wir die Kindheit durchqueren, einander beschützen, sie würde keine Angst mehr haben, ich würde nicht mehr frieren.

Ich bin froh, denn du bist mein Bruder.

Ich bin froh, denn du bist meine Schwester, Anna.

Sie hatte mir den Schlüssel gegeben, ich war der Einzige, der sie verstand. Ich musste nicht wie die anderen Vermutungen anstellen, fehlende Wörter vorschlagen, mich manchmal aufregen. Sie sprach, ich lauschte ihrem Herzen. *Ich jeden aufwachen, schwöre dir:* Ich werde jeden Tag aufwachen, das schwöre ich dir. *Warum Anne nicht*: Warum ist Anne gestorben, nicht ich? *Glaubst wir Mama:* Glaubst du, wir werden Mama wiedersehen?

An dem Tag hatte ich sie von ihrer ersten Stunde beim Logopäden abgeholt. Ich kaufte ihr beim Bäcker für einen Franc Malabar, fünf Kaugummis, rosa wie ihr Zimmer. Aus meiner überlegenen Perspektive des Zwölfjährigen war ich überzeugt, dass die fehlenden Wörter wiederkommen würden, wenn sie kaute, knabberte, schmatzte. Aber sie waren im Hals unserer toten kleinen Schwester steckengeblieben. Jedes zweite Wort. *Danke ich dass verrückt*, sagte sie lächelnd als ich ihr die Malabar schenkte. Danke, aber ich glaube, dass ich verrückt bleibe. Plötzlich hatte ich Angst um sie. Was für Freunde findet ein Mädchen, das nur in halben Sätzen spricht? Welchen schönen Jungen, irgendwann? Welchen zärtlichen Verlobten? Welche Liebesgeschichte, wenn »Ich will dich« nur: *Ich dich* heißt? Aus »Geh nicht weg«, *Geh weg* wird und aus »Komm in meine Arme«, *Komm meine*?

Und was geschieht, wenn man jemanden mit einem *Ich dich lieb* verlässt, das »Ich habe dich *nicht* lieb« bedeutet?

Als wir an jenem Abend heimkamen, wartete unser Vater in der Küche auf uns. Er hatte bei Montois eine Käsetorte, bei Vert Pré Salat, Nüsse und Eis gekauft. Er wollte ein richtiges Familienessen, das erste ohne die beiden. Ein heiliges Abendmahl. Seine Augen waren gerötet, das Grün verblasste schon, die Trübung breitete sich aus. Er versuchte uns zum Lachen zu bringen. Er sprach vom nächsten Sommer, fragte, wohin wir gerne fahren würden. Boot fahren. Klettern. Vielleicht in ein fernes Land, Mexiko, Guatemala. Länder, deren bloße Namen schon eine Reise waren. Vanuatu. Sansibar. »Wollt ihr noch von der Käsetorte? Sie ist gut, nicht zu fett. Bei Montois machen sie nie zu viel Butter rein. Wusstet ihr, dass Butter bei 30 Grad schmilzt?«

Und als Anna endlich den Mund aufgemacht hatte, *Das*

nutzlos, denn Käsetorte sie nicht, bringt Lachen Haus, rennen treppab, macht nicht zu Familie, ist nicht Liebe, verstand er sie nicht. Ich drückte unter dem Tisch die Hand meiner Schwester. Wir waren allein.

ZWEIHUNDERT EURO MEHR

»Aber Sie hören ja gar nicht zu, ich sage Ihnen doch, das Auto war wie neu.«

»Neu? Ein Auto von 1985?«

»Genau. März 1985. Neu gekauft in Onnaing. Vorbildlich gepflegt. Kein Kratzer. Kein Rostfleck. Kein Pickel.«

»Sozusagen ein zweiundzwanzig Jahre alter Neuwagen. Kein Wunder, dass er Diebe angelockt hat.«

»Und sehr wenige Kilometer. Jeden Morgen habe ich damit Brot geholt. Und sonntags eine Spazierfahrt. Außer bei Regen. Und das war's. Ach ja, einmal musste ich damit nach Paris fahren, als Yvette - Yvette ist meine Frau - die Sache mit dem Herzen hatte. Marfan-Syndrom.«

»Das tut mir leid, Monsieur.«

»Trotzdem. Ihre zweitausend Euro, das finde ich ein starkes Stück.«

»Tausendachthundert, Monsieur Grzeskowiek.«

»Grzeskowiak.«

»Grzeskowiak. Tausendachthundert Euro, auf die ich zweihundert draufgelegt habe, eben wegen der wenigen Kilometer.«

»Aber was soll ich denn mit zweitausend Euro anfangen? Für diesen Preis kriege ich keinen Neuwagen. Ich will meinen Fuego zurück. Es war ein GTS. Gelb. Sonst nichts.«

»Ich verstehe Sie. Aber ich bin nicht David Copperfield.«

»Wer ist das denn?«

»Egal. Ein Zauberer. Was ich Ihnen sagen will, Monsieur Grzeskowiek-wiak, ist, dass ich das Maximum für Ihre Entschädigung rausgeholt habe. Ich habe den höchstmöglichen Schätzwert genommen plus zweihundert Euro extra.«

»Ich bin bestimmt nicht schlecht erzogen, und ich glaube, ich war noch nie ordinär, Monsieur. Aber Ihre zweitausend Euro, die können Sie sich in den Arsch stecken. Ich hatte einen fast neuen Wagen. Jetzt habe ich keinen Wagen mehr und werde mir ganz sicher nie wieder einen kaufen können. Sie sind eine Null, eine Niete, ohne Mitgefühl. Der letzte Dreck. Ein Riesenhaufen Dreck. Die Leute um Sie herum leiden, und Sie unternehmen nichts. Sie machen sie erst recht nieder. An Ihrer Scheiße ersticken sollen Sie!«

»Guten Abend, Monsieur.«

Meine ganze Lebensgeschichte.

ZEHN ZIFFERN

Ich hatte abgenommen. Ich brauchte neue Hosen und ein paar Hemden. »Jetzt bist du Gutachter, kein Student mehr«, machte sich FFF über mich lustig, »du musst was hermachen.« Ich ging an einem Samstagnachmittag zu Printemps. Viele Leute, Frauen, Kinder, überall Schlangen, bei den Kassen, bei der Anprobe. Endlich war ich dran. Ich probierte mehrere Hosen an. Eine schien mir die richtige, sie musste aber gekürzt werden. Auf der Suche nach einer Verkäuferin verließ ich die Kabine. Eine Frau kam im selben Moment aus ihrer. Sie trug ein enganliegendes weißes Kleid und konnte den langen Reißverschluss im Rücken nicht allein schließen.

Unsere Blicke kreuzten sich.

Sogleich spürte ich das, was die Männer trifft wie ein Blitz. Das hypnotisierende Auge der Schlange. Ihr Opfer. Meine plötzliche Lähmung. Für diesen Blick hatte ich überlebt, er umriss eine Insel, deren Mittelpunkt ich war.

Unsere Blicke kreuzten sich, und zum ersten Mal im Leben fühlte ich mich so begehrt, so verlangt, dass mir meine Selbstaufgabe nicht mehr wie Feigheit vorkam, sondern wie Liebe.

Unsere Blicke kreuzten sich, und mein Überlebensinstinkt befahl mir, mich in ihr zu verlieren; er verhieß mir den Rausch, er war die Verheißung, die uns die Katastrophen der Kindheit überleben lässt.

Da habe ich mich zum ersten Mal getraut.

Ich streckte den Arm aus. Öffnete die Hand. Zog ihren Reißverschluss zu. Meine Finger zitterten, weil sie so etwas noch nie gemacht hatten. Ihre Haut war sanft und wie heller Karamell. Sie betrachtete sich nicht in dem Spiegel zwischen den Kabinen, sie sah mich an, mich. Sie prüfte ihr winziges Spiegelbild in meinen Augen, drehte den Kopf ins Profil. Nach rechts, nach links. Sie stand da wie ein Reh, passte die Schultern unter dem Kleid meinen Augen an und betrachtete sich in meinem Blick. Unglaublich. Sie. Das Kleid. Sie lächelte, griff mich am Ärmel, zog mich in ihre Kabine. Dort hob sie die Arme, öffnete den Reißverschluss am Hals, zog ihn nach unten bis zur Rückenmitte. Und ich traute mich noch einmal. Setzte ihre Aktion fort. Mit einer leichten Bewegung der Schulter, dann der Hüfte, ließ sie ihr Kleid auf den Boden gleiten. Ein weißer Kreis, ein Verlobungsring. Sie hatte einen schönen Busen. Blass, schwer. Einen anmutigen Körper. Sie streifte ein anderes Kleid über, jetzt ein schwarzes, sah zu, wie ich sie ansah. Ihr Blick war betörend. Sie zog sich wieder aus. Diesmal ein Rock. Ein Bleistiftrock, Berliner Blau. Ich zitterte, als sie den Rock, nachdem sie ihn an der Seite zugeknöpft hatte, um ihre Taille drehte. Schwindelerregende Zeitlupe. Sie legte die Hände auf die Hüften, unsere Blicke ließen sich nicht los. Mochte die Schlange auch beißen, egal, ich war glücklich. Dann sagte sie »Danke«, mit einer schönen, tiefen Stimme.

»Ich werde das schwarze kaufen, und Sie sollten die Hose in Dunkelgrün nehmen.«

Sie lächelte. Ich sah auf meine Hose mit den zu langen Beinen hinab, ein kleiner Junge von fünfundzwanzig Jahren, der sich gerade mausert. Da hätte ich … Aber bei uns überstürzt man nichts. Man lernt nicht, zu drängeln und sich zu bedienen. Man wartet auf eine Einladung, manchmal auf eine Aufforderung.

Zitternd kehrte ich in meine Kabine zurück und setzte mich auf die schmale Bank.

Einen Augenblick später schob sich eine karamellfarbene Hand an einem schlangengleichen Unterarm zwischen die Vorhangfalten, die Finger ließen ein kleines Stück Papier fallen. Zehn Ziffern. Hastig zog ich meine Hose an, wäre beinahe hingefallen, ließ alle Kleidungsstücke in der Kabine zurück.

Ich hatte soeben Nathalie kennengelernt. Deine Mutter. Aber sie war natürlich verschwunden.

EIN VERMÖGEN

Manchmal erzählte unser Vater etwas von ihr.

»Es geht ihr gut. Sie hat Arbeit gefunden. Wir sind jetzt geschieden.«

Anna stiegen Tränen in die Augen, meine fingen an zu brennen. Geschieden. Das Wort schuf mit einem Schlag drei neue Opfer. Mama. Kindheit. Wiedersehen. Nun mussten meine Schwester und ich ganz schnell groß werden.

»Sie wohnt in Bagnolet, an der Périphérique, sie sagt, dass sie mit ihrer Arbeit zufrieden ist, dass sie ein paar Freunde gefunden hat. Sie denkt an euch.« *Wann wir sehen?* Ich übersetzte. »Wann werden wir sie sehen?« »Ich weiß nicht, nicht sofort, sie muss noch ein bisschen allein sein.« »Ihre Freunde trifft sie und uns nicht?« »Ich weiß es nicht, Antoine, frag mich nicht, was ich nicht weiß.«

An seinem linken Ringfinger hatte der goldene Ehering eine rote Kerbe zurückgelassen, wie eine Brandnarbe, ich hoffte mit aller Kraft, dass es ihm weh tat, sehr weh tat, dass der Finger abfaulen, abfallen, seinen Arm, dann sein Herz mit Wundbrand infizieren würde. Man wächst schlecht ohne den Schatten einer Mutter. Man wächst schief. Man wird zum Dornenstrauch.

An einem Samstag gingen Anna und ich nach unseren jeweiligen Sitzungen beim Logopäden und Psychologen anstatt nach Hause zum Bahnhof. Wir kamen am Palace mit dem riesigen Plakat des letzten Films mit Edwige Fenech vorbei und betraten die zugige Bahnhofshalle. Ich beschützte Anna vor aufgedunsenen, umtriebigen und traurigen Händen, Händen von Kindesentführern; ich hatte die Tragödie des amerikanischen Fliegers nicht vergessen. Wir warteten am Schalter, bis wir endlich eine Antwort erhielten.

»Cambrai-Bagnolet, in Douai umsteigen und bis Paris Gare du Nord fahren, dann mit dem 26er Bus zur Porte de Bagnolet, und zum Schluss müssen eure kleinen Beinchen ran. Habt ihr die Karte für Kinderreiche? Nein. Dann sind es zweihundertfünfundzwanzig Francs hin und zurück. Pro Nase.«

Zweihundertfünfundzwanzig Francs, das war ein Vermögen, zehn, vielleicht elf Bücher von Sagan, zweihundertachtzig Riegel Mars, fünfundfünfzig Päckchen Gitanes ohne Filter. Annas Finger waren Tränen in meiner Hand.

»Also Kinder, entscheidet ihr euch? Die Leute warten, ihr seid nicht allein.« Doch, Madame, genau das sind wir, allein.

Beschämt, zerstört und beschmutzt zogen wir von dannen. Wir wählten den längsten Nachhauseweg, der Lapchin, Montois, Le Vert Pré umging, der all die Orte umging, wo unsere Eltern gemeinsam gewesen waren und den Anschein erweckt hatten, glücklich zu sein.

Zuhause machte ich meiner kleinen Schwester die Vesper. Eine mit braunem Zucker bestreute Banane, ein Glas Zitronenlimonade. Nur Gelbes. Rosa mochte sie nicht mehr, seit Anne nicht mehr aufgewacht war. An dem Tag schwor ich ihr, das Geld aufzutreiben, um zu unserer Mutter zu fahren. *Was du?* »Ich weiß nicht, Anna. Ich werde es stehlen, wenn es sein muss. Ich werde dafür töten, wenn es sein muss.«

Leere Versprechungen, ich weiß.

ZWEI EURO SECHZIG

Es würde fliegende Autos und Wettrennen auf den Rücken von Fischen geben. Solarenergie würde das Erdöl ersetzen. Roboter würden alles erledigen, was die Menschen entwürdigt. Mülltonnen, Hundekot, Erbrochenes einsammeln. Auch Sex in der Finsternis der Sackgassen würden sie anbieten, hinter den Sträuchen der Parks, anstelle der kleinen Mädchen, anstelle der verlorenen Frauen. Es würde keine Gewalt mehr geben. Jeder hätte einen eigenen Computer. Niemand wäre mehr allein. Jeder hätte ein Mobiltelefon, man würde die Menschen anrufen, die leiden, man würde sie retten, ins Leben zurückholen. Ich war mit der Vorstellung aufgewachsen, dass es Wasser in Afrika, Aspirin, Antibiotika geben würde. Der elektrische Strom würde nur noch die Welt erhellen, man würde ihn nicht mehr an die Hoden eines Mannes anschließen, dort, auf der Erde, im Gelb der Wüste. Man würde auf dem Mond, dem Mars, dem Jupiter Urlaub machen. Man würde um den Saturn herumfliegen. Man würde sogar Menschen beamen. Herzen aus Kunststoff würden die Herzen der Menschen ersetzen. Der Körper ließe sich reparieren. Man hätte Duplikate und Ersatzteile. Würde in völliger Gesundheit hundertzwanzig, hundertdreißig Jahre alt werden. Alzheimer und Krebs würden sich in antike Vokabeln, zwei Hieroglyphen verwandeln. Man würde glücklich sein. Wir würden alle glücklich sein. Und dann war das Jahr 2000 da.

Unsere Kinderträume sollten Wirklichkeit werden, aber wir waren schon erwachsen. Das Geld hatte nichts geheilt. Der Schatten breitete sich aus. Neben einem Bauernhof in Saint-Antonin, Tarn-et-Garonne, wurde ein Tier in Stücke gerissen, die Eingeweide liegen gelassen, zweihundertzwanzig Kilo Fleisch verzehrt. Woanders verschwanden Hühner, Puten, Enten. Man beschuldigte die Füchse. Man beschuldigte die Wölfe. Die Menschen tragen merkwürdige Namen, wenn sie hungrig sind. Jemand buddelte eine Tonne Kartoffeln aus. Zapfte Dieselöl ab. Und Rotwein. Blumentöpfe, Zäune, Rasenmäher verschwanden. Sogar rostige Mofas. Schraubenbolzen, Kabel. Oberleitungen. Züge entgleisten, das Blech zerschnitt lebendige Körper, trennte hübsche Köpfe ab. Der Zorn grummelte, die Raubtiere erwachten. Ganze Familien kamen zum Essen in die Supermärkte, warfen die leeren Verpackungen auf den Boden, kackten auf die Parkplätze. In Lyon-Part-Dieu schlugen vier Wachmänner einen Obdachlosen tot, weil er ein Bier gestohlen hatte. Man betrog die Versicherung und schickte mir Hundekacke. Ich sah, wie ein eleganter Großvater in Begleitung seiner Enkelin in Bonpoint-Klamotten bei Relay im Bahnhof von Lille Kekse für zwei Euro sechzig stahl. Nur zwei Euro sechzig. Frauen bettelten auf der Straße, auf dem Arm ein Kind, das mit Codeinsirup ruhiggestellt war. Wenn jemand seine Miete nicht bezahlen konnte, klemmte man ihm das Trinkwasser ab. In Bagnolet wurde meine Mutter ausgeraubt, und wir wussten es nicht.

Man hatte mich nicht gewarnt, dass die, die dich lieben, dich auch töten können.

Die Schatten breiten sich aus, die Finsternis ängstigt mich.

ZWANZIG ODER FÜNFUNDZWANZIG FRANCS

Wir fuhren weder nach Sansibar noch nach Mexiko. Es gab weder Schiff noch Ozean.

In diesem ersten Sommer ohne die beiden schickte uns unser Vater schließlich für einen Monat in ein Ferienlager nach Bourg-d'Oisans, ein schönes Dorf im Departement Isère, das auf durchschnittlich 1900 Meter liegt. *Heißt dass nah Himmel Mama?* Nein, Anna, das heißt nicht, dass wir nah beim Himmel und Mama sind, das heißt, dass wir verloren sind.

Ungefähr hundert Kinder, ein Dutzend Betreuer und Betreuerinnen. Freiluftbeschäftigung. Ballspiele. Kleine Kletterpartien. Schwindelerregendes Abseilen für die Waghalsigen. Ausflüge, lange Wanderungen bis zum See von Lauvitel. Herumplanschen im Wasser. Gelächter, Bespritzen. An Steinen aufgerissene Knie. Erste, heimliche Küsse, manchmal unter Wasser. Verwirrende Liebkosungen. Respektvoll blickten wir auf den Pic de la Meije. Träumten von Flucht, von Wind, der uns bis nach Bagnolet, zur Périphérique tragen würde; die Reinheit der Luft verlieh Flügel. Kinder schrien, ihre Schreie flogen hoch, erschreckten die Vögel. Mittags picknickten wir in Postkartenlandschaften. Blauer Himmel, grünes, üppiges Gras, geflammte und weiße Lilien, goldenes Brokat. Abends Essen im Freien, an großen Lagerfeuern. Die Betreuer spielten Gitarre, wir sangen einfache Lieder, die wir tausendmal im Autoradio gehört hatten, die Betreuerinnen tanzten, ihre Haut glänzte, während die Jungs, die schon Haare unter den Achseln hatten, idiotische Wetten abschlossen: zwanzig oder fünfundzwanzig Francs, dass ich Lolo mit den dicken Titten begrabsche. Und wenn es Zeit für die Trennung, die Rückkehr in die Schlafzelte, den Kampf mit den Mücken und die Angst vor den Schlangen wurde, blieben Anna und ich zusammen.

Am Tag unserer Ankunft hatte ich die Leere, das Schwindelgefühl, unsere Angst vor einer Trennung gebeichtet. Ich erklärte die verstümmelte Sprache, erzählte von den Hänseleien in der Schule – das Mädchen, das wie ein Baby spricht, das Mädchen, das einmal ein Pummel wird, weil es alle Wörter verschluckt, das Mädchen, das nicht einmal »Eins zwei drei … ich komme!« rufen kann. Das Monster! Das Monster! Die Grausamkeit der Kinder war so brutal wie die unserer Väter. Die Kindheit war so kurz, dass sie in dem Augenblick entschwand, wo man ihr die Arme entgegenstreckte, wo man den Fehler machte zu glauben, sie würde von selbst zurückkommen. Die einzige Möglichkeit, lebendig zu bleiben, bestand darin, sich selbst etwas Kindheit zu bewahren. Der Lagerleiter verstand das. Er ließ für Anna und mich ein kleines Zelt aufstellen, wo wir flüstern konnten, während die anderen still sein mussten, sobald die Lichter gelöscht waren. Sie legte ihren Kopf an meine Schulter, die Kälte der Nacht draußen war stechend, wir pressten uns aneinander, *Erzähl von*, flüsterte sie mir ins Ohr. Und ich erzählte ihr von unserer Mutter, von dem wunderbaren Mentholgeruch, der superleckeren Mousse au Chocolat, die es einmal gegeben hatte, von missglückten Käsesoufflés, verkochtem Reis, vom leeren Kühlschrank und von traurigen Bieren. *Weil Kummer.* Ja, sie hatte Kummer. Und sie erzählte mir von Anne, und wir lächelten.

Anne wusste, wenn Anna Pipi machten musste, bevor diese es selbst spürte, und Anna wusste vor ihr, wenn sie Bauchschmerzen bekommen würde, welches Buch sie lesen oder welches Kleid sie anziehen wollte.

Ich war der Einzige, der sie verstand.

In diesem Sommer bat ich eine Betreuerin, mir beizubringen, wie man Zöpfe flicht, einen Bauernzopf, mit drei Strähnen, mit fünf Strähnen. Ich flocht Anna alle möglichen kastanienbraunen Kränze. Meine Schwester war entzückend. Ein gleichaltriger Junge machte sich vorsichtig an sie heran, ein anmutiger kleiner Fuchs. Sie errötete etwas, sah mich an, stolz und verloren.

Bei einem Besuch im Botanischen Garten auf dem Col du Lautaret riss der Junge im arktischen Steingarten Wollgras ab und schenkte es heimlich Anna. Es war eine seltsame Blüte, ein mit Baumwollhaaren gekrönter Halm. Eine Tundraprinzessin in Miniatur, eine Art Engel. Da sprach meine Schwester einen vollständigen Satz. *Danke.* Und der Junge lächelte wunderschön, als er ihr antwortete: *Ich dich hübsch.* Ich finde dich sehr hübsch.

Wir waren nicht mehr allein auf der Welt. Von nun an gehörte Thomas zu uns.

VIERUNDNEUNZIG CENTIMES

Die Tabletten wirkten nicht. Mein Vater hatte weiter an Gewicht verloren. Sein grauer Teint wurde wächsern. Gelb wie eine Kirchenkerze. Ein verwelktes Gebet. Der Schmerz kam heraus, quoll blutig hervor, aus dem Anus, aus der Kehle, in Kugeln aus zerstoßenem Glas. Verursachte Atemnot. Seine Hände zitterten, manchmal entglitt ihnen die kleine Flasche zu vierundneunzig Cent: Das Bier machte einen Pisse-Fleck auf der Hose. Die Hässlichkeit triumphierte. Seine Kleidung hing an ihm wie ein Sack und beleidigte den zusammengeschrumpelten Körper. Ich brachte ihm drei neue Anzüge in drei unterschiedlichen, immer kleineren Größen. »Er muss seine Würde behalten«, flüsterte ich entsetzt. Die Grausamkeit der Krankheit schien keine Grenzen zu kennen.

»André hörst du dein Sohn hat dir Anzüge gekauft damit du schick bist dein Vater war immer schick sogar in seinem weißen Kittel ich glaube sogar dass ich auch wegen seinem weißen Kittel schwach geworden bin als er bei Lapchin war er sah aus wie ein großer Doktor erinnerst du dich an Lapchin was war dein Vater brillant und witzig er verdrehte uns allen den Kopf und als eure arme Mama weggegangen ist fragten wir uns alle ob er sie eines Tages ersetzen würde ihr wart so jung Anna und du ihr konntet nicht ohne eine Mama aufwachsen das kann niemand und deine kleine Schwester mein Gott deine kleine Schwester und mich hat er auserwählt wer weiß warum wer weiß warum.«

»Du warst so nett«, brachte mein Vater schwach hervor.

So nett. Ich musste lächeln. Nettigkeit weckt keine Liebe. Sie weckt Kameradschaft. Eine Wanderung von höchstens dreißig Jahren. Mein Vater hatte wahrscheinlich niemanden geliebt, und unter all dem Unglück, das er mir vererbt hat, war vielleicht auch dieses: die Unfähigkeit, sich lieben zu lassen. Seine größte Schwäche. Und fortan die größte Schwäche von uns allen.

»Papa, falls du im Riva am Comer See übernachten, die Provence im Bentley durchqueren oder einen Pétrus von 1961 oder 1990 trinken willst, dann jetzt. Dann musst du es mir, musst du es uns jetzt sagen. Du hast das Recht, zu wählen, was nicht von Dauer ist, du hast das Recht, die Leichtigkeit zu wählen, deine Lust, deinen Egoismus durchzusetzen, aber du hast nicht mehr das Recht, etwas zu bereuen.«

Die Frau meines Vaters ging aus dem Zimmer. Sie weinte. Sie wollte nicht, dass er die Traurigkeit sah, dass er ihr die Furcht anmerkte bei der Vorstellung, morgen allein zu sein, vielleicht morgen früh, im Morgengrauen; der Schreck, plötzlich gar nichts mehr zu haben.

»Das ist das Schlimmste Antoine die Vorstellung plötzlich allein zu sein nicht mehr zu wissen was in fünfzehn Minuten in fünf Minuten sogar in einer Minute geschehen wird wenn er mich um eine gefüllte Tomate ein Gefäß zum Spucken bittet sogar wenn er hustet und das Glas seinen Hals zerreißt fühle ich mich so lebendig so ach ich bin so traurig.«

Das Böse verursacht immer unberechenbare Kollateralschäden.

»Wenn du in den Fotoalben mit den Zwillingen blättern, Anne wiedersehen möchtest, dann jetzt, Papa.« Seine rostige Hand legte sich auf meinen Unterarm. Er bekam schwer

Luft, er ließ Zeit verstreichen. »Ja. Eine Sache möchte ich. Dich zu der kleinen Engländerin bringen. Hieß sie nicht Patricia? Und falls ihr Vater Schwierigkeiten macht, ich hätte eine kleine Pipette mit Propansäure bei mir.« Also wirklich. Sein Lächeln ähnelte einer Grimasse. Ein kleiner Sieg. Ich weinte.

Warum begegnet man denen, die uns gefehlt haben, gerade dann, wenn man sie verliert?

NULL

Ich brauchte zwölf Tage, bis ich Nathalie anrief. Jeden Tag dachte ich, nachher rufe ich an, morgen rufe ich an.

Jahre zuvor, als wir in Alpe d'Huez im Ferienlager waren, hatte ich endlich einen Brief bekommen, auf den ich so sehr gewartet hatte. Der Brief war von Amandine P. Wir waren gerade sechzehn, verstohlene Blicke, begehrliche Gesichter, freundliche Kindereien. Vor den großen Ferien hatte ich sie gefragt, ob sie mit mir gehen wolle, und endlich schickte sie mir ihre Antwort. Ich steckte den Umschlag in die Hosentasche und wartete auf den besten Moment, um ihn zu öffnen und ihre Worte auszukosten, weil es natürlich ein Liebesbrief war und weil man einen Liebesbrief nicht verdirbt, indem man ihn im Lärm der anderen liest. Ich wartete einen Tag, zwei Tage; eine Woche verging. Nachts atmete ich den Brief ein, träumte Amandines Worte. Wenn meine Finger das Papier des Umschlags berührten, geriet mein Herz sanft in Wallung, ich war glücklich, ich wartete.

Eines Morgens stiegen wir zur Schutzhütte des Fare-Tals hinauf, machten einen Ausflug zur Alpette, erkundeten den Lac du Milieu und den Lac de la Fare. In der Nacht hatte es geregnet, und die Luft war erstaunlich mild, eine lauwarme Liebkosung. Am Himmel flogen zwei Adler, sehr hoch, wie in Zeitlupe. Anna und Thomas liefen vor mir, sie lachten, aber ich hörte sie nicht. Das war der perfekte Augenblick. Ich öffnete den Umschlag und entfaltete zitternd das Blatt.

Nein. Sie hatte nur diese vier Buchstaben geschrieben. N.E.I.N. Nein, ich will nicht mit dir gehen, nein, dazu gefällst du mir nicht genug, sagte ihre sparsame Feder. Ich wurde kreidebleich. Dem besorgten Betreuer erklärte ich, ich sei etwas zu schnell gelaufen. Das komme von der Höhe. Dann begann das Blut in meinen Adern zu brodeln, und ich konnte wieder lächeln. Manchmal nimmt die Feigheit komische Formen an, weißt du. Meine hatte mir gerade zwanzig Tage Glück beschert, in denen ich die hübschen Worte von Amandine P. träumte, die mir ihre verdammten vier Buchstaben niemals würden wegnehmen können.

Die zwölf Tage des Zögerns, bevor ich Nathalie anrief, ähnelten dem Glück von damals. Es war auch die gleiche Furcht, in dem Moment, wo sie den Hörer abnahm. Aber es war ein Ja. »Ja. Ich muss schon sagen, Sie haben sich Zeit gelassen. Sie gehören wohl eher zur schüchternen Sorte. Ja. Ich möchte Sie gerne wiedersehen. Auf einen Kaffee, wenn Sie wollen. Ja. Oder auf ein Glas Shiraz. Wäre mir lieber. Also Australier. Stärker, mehr Tannine. Sie haben recht, mit rotem Fleisch. Rotes Fleisch ist perfekt. Ja, gehen wir essen, ich bin einverstanden. Dazu habe ich Lust.« »Ich habe auch Lust. Heute Abend. Ihr schwarzes Kleid.« »Und Ihre grüne Hose. Ach so, Sie haben sie am Ende gar nicht genommen.« »Ich. In der Tat. Ich bin Ihnen hinterhergerannt und habe Sie verpasst.« »Und Sie haben mich verpasst.«

Sie lachte. Und ihr Lachen war wie ein Lichtstrahl.

Wir haben uns nach dem Abendessen nicht geküsst. Wir sind weder zu ihr noch zu mir gegangen. Sie war gerade dabei, jemanden zu verlassen. Irgendwen. Sie wollte nicht, dass wir im Zweideutigen, im Unreinen starten. Sie wollte bei null anfangen. Sie wollte eine leere Seite aufschlagen.

Alle Männer träumen davon. Aber zu unserem Pech entdecken wir das, was geschrieben steht, erst am Ende.

VIER NEUNUNDNEUNZIG

Deine Mutter verließ ihren Irgendwen, und wir trafen uns sofort danach. Wir waren unwahrscheinlich ineinander verliebt. Zwölfjährige Schwachköpfe. Wir folgten einander auf Schritt und Tritt, sogar zur Toilette. So hast du uns nie gesehen: Wir fütterten uns gegenseitig, wir tranken aus einem Glas, wir tauschten unsere T-Shirts, unsere Zahnbürsten; das kannst du dir nicht vorstellen, ich weiß. Ich habe meine Eltern auch nie glücklich miteinander erlebt, so völlig harmonisch. Kein Kuss, kein zärtlicher Blick. Bei meinem Vater doch, ein wenig, mit seiner Frau, aber das war schon die Zärtlichkeit des Nachher. Deine Mutter war schön, Léon, ich wachte nachts auf, um sie anzusehen, ich lauschte ihrem Atem. Die Männer drehten sich auf der Straße nach ihr um, darüber lachte sie, und ihr Lachen strahlte, ihr Lachen lockte die Wohlwollenden an. Auch die Bösen. Anfangs schwankte ich zwischen Stolz und Eifersucht, dann verschwanden diese Begriffe. Und ich dachte nur noch, welches Glück ich gehabt hatte, dass sie an dem Tag ausgerechnet mich in der Kabine im Printemps ausgewählt hatte. Dass ich es war, mit dem sie sich Kinder wünschte, Joséphine und dich, mit dem sie *Blood and Sand* an der Bar eines Hotels mit unaussprechlichem Namen in Mexiko oder anderswo trinken, mit dem sie alt werden wollte. Den sie glücklich machen wollte. Ich dachte, dass sie mir das schenkte, was sie den anderen verweigerte, aber Liebe macht blind und taub und einsam und verstümmelt, und das versteht man erst hinterher.

Wir zogen in eine schöne Wohnung nahe der Grand-Place, nicht weit von dem Büro, das ich mir mit FFF teile. Dann kam Joséphine; es war nicht ganz der richtige Zeitpunkt für Nathalie, weil sie erst seit wenigen Monaten bei Decathlon arbeitete, sie hatte um die Stelle gekämpft und fürchtete, man würde sie nicht wieder nehmen. Aber man hat sie wieder genommen. Man wartete auf sie. Alle warteten auf sie, alle liebten sie. Sie arbeitete damals schon sehr viel, sie kümmerte sich um die ganze Werbung, die Kataloge, die Sonderangebote. Oft kam sie spät nach Hause. Ich kümmerte mich um deine große Schwester. Ich kaufte eine Schallplatte mit Kinderliedern, komisch, ich erinnere mich genau, eine Schallplatte von Henri Dès, von Furet du Nord, für vier neunundneunzig. Ich kannte kein einziges Lied. Niemand hat mir je ein Kinderlied vorgesungen. Ich war in der Stille aufgewachsen, in einer großen Leere, aber ich war lebendig geblieben, und das war trotz allem eine Gunst. Aber jetzt ist es vorbei, ich bin müde.

Joséphine ging in die Krippe. Deine Mutter und ich waren weniger verliebt, wir waren nicht mehr zwölf, jeder hatte seine eigene Zahnbürste. Wir waren mit einem Schlag älter geworden. Und dann, bevor du gekommen bist, dachte sie, dass sie mich vielleicht nicht mehr liebt, dass wir kein Mexiko, keine Zärtlichkeit des Nachher haben würden, die, die zum Ende führt, und wir waren sehr traurig. Ich schlief auf dem Sofa. Ich trank im Dunkeln Wein. Wenn ich mit glühendem Kopf aufwachte, war deine Mutter schon fort, deine Schwester im Kindergarten. Ich glaube, in dieser Zeit fing ich an, mein Leben nicht mehr zu lieben.

DOPPELT SO TEUER

Ich habe es nicht gewusst. Ich habe es gespürt.

Ich spürte, wie die Hände umherstreiften, die Lippen kosteten, die Augen streichelten. Ich spürte die neuen Worte, die sich eingeschlichen hatten. Ich spürte die schwerer gewordene Geste, mit der eine Haarsträhne zurechtgelegt wurde. Eine unmissverständliche Geste. Ich spürte das Böse. Ich spürte den Abgrund. Ich spürte, wie sich mein Herz öffnete und zerriss. Ich spürte die Tränen. Die Verbrennungen. Ich spürte, wie das Raubtier erwachte. Der Zorn grollte. Das Gewitter, alle Gewitter. Ich spürte den Sinn des Wortes Kummer. Den uralten Schmerz der Frauen. Das Bittere, das Schmutzige. Die Finger, die nach Lüge rochen. Den Verrat. Den Blick, der wanderte. Sich zwei Millimeter weiter niederließ als gewohnt. Ich spürte die überzähligen Gramm Zucker im Kaffee. Roch den neuen Duft des Shampoos. Die Mandeln in der Seife. Ich spürte, dass die Sätze kürzer, ausweichender, unklarer wurden. Ich spürte, dass sie unsere kleine Tochter fester an sich drückte. Die feuchten Küsse. Die Entschuldigungen, die nicht ausgesprochen wurden. Die plötzlich doppelt so teuren Puppen: kleine Anzeichen von Reue. Ich spürte die Angst. Spürte nachts die Atemlosigkeit. Die höheren Absätze am Morgen. Den eine Spur röteren Lippenstift. Die längeren Fingernägel. Die Krallen. Ich spürte einen Rücken. Knochen. Blasse Haut. Ich spürte die Hingabe. Die Ekstase. Die kleinen Paradiese. Den Geruch von Sperma. Ich spürte die Kälte. Den Wind. Das Gewitter, alle Gewitter. Ich spürte mein Blut erstarren. Ich spürte das kalte Wasser. Die warme Seerose meines Blutes. Ich spürte, wie die Welt zusammenbrach, als mich Nathalie betrogen hatte.

VIERZEHNTAUSENDDREIHUNDERT-EINUNDACHTZIG EURO

Das verkohlte Gerippe des Wagens wurde von der Gendarmerie drei Tage nach der Anzeige des Diebstahls an einem Feldrand in Wambrechies gefunden. Ein Renault Clio II, 2.0 16V, Erstzulassung November 2006. Die Versicherung schickte mich zum Tatort, um aufzuklären, ob Betrug vorliege oder nicht, weil immer von der Ehrlichkeit des Versicherten auszugehen ist, es sei denn, die Versicherung erbringt Beweise für einen Betrug. Ich untersuchte den Ausgangspunkt des Feuers (Vordersitz), und den Weg der Ausbreitung der Flammen (Motorhaube). Da diese Ausführung keine elektrischen Sitze hat, schloss ich einen Kurzschluss aus. Die Erfahrung sagt, dass ein Feuer, das auf einem Autositz beginnt, dazu neigt, an der Rückenlehne aufzusteigen und das Dach zu entzünden, das unter der Hitze anfängt zu schmelzen, dann ergreifen die Flammen je nach Windrichtung die Karosserie, die Farbe platzt ab, beginnt zu brennen und erreicht mehr als tausend Grad. Ich untersuchte die Wegfahrsperre und fand keine Gewaltspuren. Obwohl das Feuer neunundneunzig Prozent der Indizien für einen möglichen Betrug zerstört hatte, war ich überzeugt, dass es einer war. Deshalb ging ich zum Besitzer des angeblich gestohlenen Fahrzeugs, wo ich auf eine junge, im sechsten Monat schwangere Frau traf. Sie bat mich in ihr kleines, elegantes

Wohnzimmer und machte uns zwei Tassen Kaffee. Nirgends standen Fotos, weder auf dem Kamin, noch auf der Kommode. Ich stellte einige Fragen zu den Umständen des Diebstahls, ihre Antworten wirkten glaubwürdig, aber dann brach sie in Tränen aus. »Es ist doch nur ein Auto«, sagte ich, »das ist doch nicht so schlimm, und es ist auch kein Modell, das ausgelaufen ist, kein Sammlerstück.« Sie schüttelte den Kopf. »Nein, nein, das ist es nicht.« Ich dachte kurz an Nathalie, die manchmal geschluchzt hatte, als sie dich erwartete. Sie legte beide Hände auf ihren schon dicken Bauch, sah mich an und weinte, und ich fand keine Worte dafür, für unsere Verzweiflung. »Es ist wegen meinem Mann«, flüsterte sie. »Er ist weg. Er ertrug die Vorstellung nicht, ein Kind zu haben. Er wollte keins. Ich wollte es.« Ich stellte meine Kaffeetasse wieder ab. »Und dann haben Sie alle Fotos von ihm zerrissen und das Auto angezündet, das er Ihnen geschenkt hatte, und jetzt denken Sie, Ihr Leben ist zu Ende?« Sie nickte. Sie erstickte an ihren Tränen, sie konnte nicht sprechen. Ich erinnerte mich an den Tag, an dem Nathalie aus der Klinik gekommen war und gesagt hatte, es ist zu Ende, es ist weg, das Baby ist weg. Da hätte ich um ein Haar alles im Haus kaputt geschlagen, stattdessen hatte ich in mir selbst die Dinge, die Trugbilder, die Nachsicht kaputt gehen lassen. In jener Nacht schlief ich bei Joséphine, ich hielt sie in den Armen, und ihr warmer, regelmäßiger Atem mit dem Geruch von saurer Milch wiegte mich in den Schlaf. In jener Nacht wollte ich dorthin zurückkehren, in die Welt der Kindheit, der Illusionen, die nicht verletzen, des Blutes, das nur eine Farbe ist und noch kein Schmerz. In jener Nacht ging auch Nathalie fort, sie schlief woanders, weit weg von uns. Sie hatte sich wohl auf die Suche nach Worten für all das gemacht, nach verlogenen Worten, annehmbarer Schande.

Ich werde dafür bezahlt, so wenig wie möglich zu bezahlen, weder Herz noch Mitgefühl zu haben, ich bin nicht berechtigt, dem Schiffbrüchigen die Hand zu reichen, in mir gibt es keinen Platz für Nettigkeit. Man hat mein Mitgefühl amputiert, man hat aus mir einen gewöhnlichen Dreckskerl gemacht, und ich habe mir das gefallen lassen. Ich muss dem Unglück der anderen mit Ablehnung begegnen. Nicht wahr, Monsieur Grzeskowiak? Man hat mich beauftragt, Sie untergehen zu lassen, im Gegenzug hat man Ihnen das Recht gelassen, mich zu beschimpfen. Gehorsam ist der Stolz der Feiglinge, unsere Ehrenlegion.

Urplötzlich fing das Raubtier an zu grollen, bohrten sich seine Zähne in meine Eingeweide. Ein stechender Schmerz, ein langer, schriller Ton. Die junge Frau zuckte zusammen. War Ungehorsam vielleicht der Anfang des Friedens? Nicht gehorchen, sondern entscheiden, auch wenn man dabei sein Leben gefährdete? Vielleicht lag gerade in dieser Gefahr die Rettung. Die Selbstachtung. Die Begegnung mit sich selbst.

»Ich werde den Schluss ziehen, dass Ihr Auto tatsächlich gestohlen wurde, Madame, und dass der oder die Diebe es dann angezündet haben, indem sie zuerst den Fahrersitz, dann die offene rechte vordere Tür und die Kühlerhaube mit einem Brandverstärker, wahrscheinlich *White Spirit* oder Scheibenenteiser, bespritzt haben, und dass der Wagen wegen des Vorhandenseins von Sauerstoff und einer Brandquelle, wahrscheinlich einer Zigarette, in Flammen aufgegangen ist.«

Inmitten ihrer Tränenmaske wurde ihr trauriges Lächeln schön. »Warum machen Sie das?« Ich zögerte einen Moment.

»Um mich daran zu erinnern, dass ich noch ein Herz habe.«

Zwei Tage nach der Übergabe meines Gutachtens und meinem Bescheid über eine Entschädigung in Höhe des

Zeitwertes des Fahrzeugs, vierzehntausenddreihunderteinundachtzig Euro, wurde ich zum Filialleiter bestellt.

Ich war gefeuert.

NEUNUNDVIERZIG FRANCS PRO PERSON

Ein paar Tage vor dem ersten Weihnachten ohne sie bekamen wir eine Ansichtskarte von unserer Mutter, der Eiffelturm bei Sonnenuntergang. Ihre Schrift war zitterig. *Es geht mir gut, ich denke jeden Tag an euch drei* (meinte sie außer Anna und mir noch Anne oder unseren Vater?). *Eure euch liebende Mama. Frohe Weihnachten.*

Sie hatte einen kleinen Stern und zwei Flocken gezeichnet – eigentlich kleine Kreise, die meine Schwester als Flocken deutete. Und das war alles. Anna und ich weinten um die fehlenden Worte. Um ein »Bis bald«, ein »Wir sehen uns, versprochen«, ein »Bitte verzeiht mir« und ein »Ich habe Angst ohne euch«. Alles von ihr fehlte mir, bis hin zu den unterlassenen Küssen, als sie noch da war, bis hin zu all ihren Unterlassungen. Unser Vater kündigte uns für den Weihnachtstag eine Überraschung an. Das war sie. Die Seidenbluse. Er stellte sie uns als Freundin vor, die an diesem fröhlichen Tag auch allein war, und fügte hinzu, dass Weihnachten ein Fest sei, an dem niemand allein bleiben solle. *Ist Mama auch?*, fragte Anna. Ich übersetzte. »Ist unsere Mama heute auch allein?« »Ich weiß nicht, mein Schatz, ich denke nicht, sie ist mit Freunden zusammen, vielleicht mit Kollegen von ihrer Arbeit.« Unser Vater hatte Essen bei Montois bestellt, »Weihnachtszauber«, neunundvierzig Francs pro

Person, Lukulluszunge, Putenbrust, Kartoffeln mit Esskastanien, Eistorte. Eisig verlief auch die Mahlzeit. Die zukünftige Frau unseres Vaters hatte uns Geschenke mitgebracht, wir weigerten uns, sie auszupacken. Sie rannte weinend aus dem Zimmer. Unser Vater sank in sich zusammen und schlug die Hände vors Gesicht. »Mir fehlt sie doch auch«, sagte er. Ich stand auf, trat heftig gegen eins der Geschenke und flüchtete in mein Zimmer. Wir hätten alle nach Bagnolet fahren können. Ihr eine Überraschung machen, ihr sagen, dass sie uns fehlt, ihr die letzte Sagan schenken, *Willkommen Zärtlichkeit.* Ihr den Weihnachtszauber von Montois bringen. Girlanden. Einen kleinen Tannenbaum. Sie zum Lachen bringen und ihr Lust darauf machen, zurückzukommen, nicht länger traurig zu sein, den Kummer abzuschalten. Wir hätten ihr helfen können, Papa, wir hätten sie abholen und retten können. Aber dafür hätte man so viel Liebe gebraucht.

ACHTZIG EURO (FORTSETZUNG)

»Herrgott, du glaubst es nicht! Wie machen sie das bloß? Sie riechen es, sie wissen alles. Dabei pass ich wirklich auf, das kann ich dir sagen. Nichts im Kalender, nichts im Handy, dieses Handy ist echt kriminell, du denkst, es ist dein Kumpel, bewahrt deine Geheimnisse und alles. Pustekuchen! Es ist ein Verräter. Also keine Nachrichten, keine SMS, gar nichts. Ich hatte nur dir davon erzählt, Antoine. Und ob du's glaubst oder nicht, sie hat es rausgekriegt. Ich weiß nicht, ob sie mich verfolgt oder mir einen Detektiv an die Fersen geheftet hat, auf jeden Fall hat sie's rausgekriegt. Ich dachte, ich kratz ab, Infarkt oder so. Das war vor sechs Wochen, genau, als du das mit deinem Vater erfahren hast. Ich bin nach Hause, nachdem wir hier einen Halben getrunken hatten, sie saß im Wohnzimmer mit der Nase in einem Buch. Sie hat schon als kleines Mädchen gern gelesen. Mich ziehen Bücher nur runter. Alles so trocken, diese ganzen Wortfurchen. Wie ein japanischer Garten, so ein Buch, Kilometer voll Langeweile. Ich küsse sie, wie immer. Sie sagt, ich soll mir was zu trinken nehmen, bis sie ihr Kapitel ausgelesen hat, weil das Buch so gut ist und sie unbedingt wissen will, wie es ausgeht. Ich nehme mir ein Bier. Ich warte. Das ist anscheinend ein ziemlich langes Kapitel, denn ich hab noch Zeit, mir das zweite aufzumachen. Plötzlich steht sie auf und starrt mich an. Da habe ich gemerkt, dass hier was nicht stimmt. Sie hatte so einen Blick, den ich schon ganz vergessen hatte, den Blick vom Anfang, als wir ständig gevögelt haben, als die Welt untergehen konnte und uns war es egal. Dieser Blick, Antoine, ich sag dir! Richtig ausgehungert, wie Feuer. Das hat mich angemacht, und gleichzeitig ging mir die Muffe. Fabienne und ich sind in der Hinsicht eher ruhig geworden, habe ich dir schon erzählt; wir gehen mehr Richtung Zärtlichkeit, mehr so zur Freundschaft. Liebe machen wir jetzt mit Worten, die Gesten sind eingeschlafen oder sogar versteinert. Und jetzt auf einmal wieder dieser Vulkanblick! Plötzlich lächelt sie. ›Du bist mir einer!‹, sagt sie. ›Du bist mir einer.‹ ›Was ist mit mir?‹ Und sie nochmal: ›Du bist mir einer.‹ Ich kann dir sagen, in meinem Bauch war der Teufel los, die Angst sauste rum wie eine Flipperkugel. Wir haben gegessen, wie immer, sie hat mir von ihrem Tag in der Schule erzählt, von der kleinen Duquesnnoy, die wohl sitzenbleibt, dem neuen Rundschreiben über die Pausenzeiten, einer Streikankündigung. Sie schlich um den heißen Brei rum. Hölle!

Aber beim Dessert, und wenn ich Dessert sage, meine ich nur einen kleinen Joghurt, da sagt sie plötzlich mit ihrem glühenden Blick: ›Ich möchte auch lernen, dir einen zu blasen. Wie deine Nutte. Bring's mir bei! Bring's mir bei, Frédéric, ich bin bestimmt begabt.‹ Ich saß da wie ein Schwachsinniger. Den Mund voller Joghurt. Der lief raus, wie der Sabber bei einem Greis. Wahrscheinlich war ich auch genauso weiß wie dieser widerliche Joghurt. Zum Glück habe ich keine Herzprobleme. Ich habe den Danone ausgespuckt. ›Muss man dabei nicht schlucken?‹, fragt sie lächelnd. Ich schwör's dir, Antoine, ich wusste nicht mehr, wohin mit mir. Sie steht auf, geht zu mir, kniet sich hin. ›Und? Wie macht es deine Nutte, zeig's mir. Hab keine Angst vor den

Wörtern‹, sagt sie zu mir, ›hab keine Angst.‹ Keine Angst vor den Wörtern, leicht gesagt, wo ich nur noch Liebeswörter für sie hatte. ›Blasen ist auch ein Liebeswort‹, sagt sie. ›Und schlucken. Achtzig Euro ist dafür ein widerliches Wort. Wirklich widerlich!‹«

(DREIMAL) SIEBZIG PENCE

Die Geschichte von Anna und Thomas begann in dem Sommer, als er ihr im Botanischen Garten auf dem Col du Lautaret dieses Wollgras geschenkt hatte. Sie waren beide sieben Jahre alt, redeten beide in der gleichen Halb-Sprache. Sie trennten sich nicht mehr. Beim Essen ließen sie genau die gleichen Speisen auf dem Teller liegen, Broccoli, Gurke, Salat, Granny Smith; alles was grün war. Sie liebten die Sonnenuntergänge über der Meije, weiße Limonade und die Lieder der Compagnie Créole, die die Betreuer abends sangen. Sie versprachen einander Dinge, die auf der ganzen Welt nur wir drei verstanden. Wenn sie sich ansahen, gab es zwischen ihnen etwas, das größer war als wir, Léon, größer als wir alle. Dieses riesige und seltene Ding, Freude. Er war das einzige Kind seiner Eltern, er würde ihre einzige Liebe sein. Sein Vater arbeitete in der Chemiefabrik von Pont-de-Claix, bei Grenoble, unserer war Chemiker bei Lapchin, in Cambrai. Seine Mutter arbeitete zu Hause als Schneiderin, unsere war fort und verloren gegangen. Jedes Jahr im Frühling teilten wir Thomas den Ort unseres nächsten Ferienlagers mit, und er verbrachte dort den Sommer mit uns. Ich habe sie heranwachsen, habe ihre einzigartige Liebesgeschichte erblühen sehen. Immer diese faszinierende Freude zwischen ihnen. In Morzine, Sallanches. In Aix-les-Bains. Es kam mir so vor, als würden sie von Sommer zu Sommer weniger miteinander sprechen, als hätten sie sich bereits alles gesagt, was sie sich zu sagen hatten. Sie lernten Geduld, sie wussten, dass die Ewigkeit vor ihnen lag. Sie sahen, wie ihre Körper wuchsen, ihre Gesichter sich verfeinerten. Eines Sommers feierten wir das, was wir für Thomas' Stimmbruch, für seinen ersten Schritt als kleinen Mann hielten, mit Pico-Balla und Scoubidous für zehn Francs. Es war nur eine beginnende Kehlkopfentzündung.

1985 fuhren wir nach England, nach Barnstaple in Devon. Wir aßen unsere ersten *fish and chips* für zwei Pfund. Ich trank meine erste *pint of lager*, siebzig Pence, meine zweite, meine dritte, ich hatte meinen ersten Kater, und Anna weinte.

Es war der Sommer, in dem ich Patricia begegnete und mich in sie verliebte. Ich fing an zu rauchen, weil sie rauchte, vergaß das Bier, weil sie Bier hasste, hörte auf, mich über kleine Leute lustig zu machen, weil sie klein war. Ich verlor mich und fand mich in ihr wieder. Ich versuchte mich an Liebesworten und war erbärmlich. Damals schon. Du bist hübsch. Ich möchte gerne mit dir leben. Na ja, ich meine, dass wir uns wiedersehen. Hmm. Wenn ich wieder in Frankreich bin. Ich. Ich. Ich küsse dich gerne.

Und so weiter. Bis zu ihrer Haut, ihrem Bauch, ihren zarten Härchen. Ein Zimmer im Cedars Inn, unsere zitternden Körper, unsere plötzlich trockenen, stummen Münder, unsere ersten Liebkosungen, unser erstes Mal. Diese ganze chaotische Zärtlichkeit, der Schmerz, von dem mir niemand erzählt hatte, der Messerstich, ein Stoff, der zerreißt, die Bluttråne, die halbherzige Scham, gleich hinterher das Lachen, dann die Arme, die umschlingen, die Lust zu verschwinden. Damals schon.

Es war nur das. Und es war all das. Damals schon.

Dann folgte das plötzliches Ende meiner Jugend, das *Café de la Gare*, der Remouladensellerie, an dem ich beinah erstickt wäre, der Brief, die achtzig Centimes für die Briefmarke, mein Verrat.

In diesem letzten Sommer der Kindheit tauschten Anna und Thomas am Ufer des River Taw ihren ersten Kuss. Sie waren zehn Jahre alt. Ein echter Liebeskuss. Und um diesen Segen nicht zu verderben, besiegelten sie ihn mit einem Wechselgesang. Er: *Ich.* Sie: *hab.* Er: *dich.* Sie: *lieb.* Zu zweit waren sie alle Sätze der Welt.

WENIGER ALS HUNDERT EURO

Deine Mutter zog nicht sofort wieder zu uns. Sie kam abends nach der Arbeit vorbei, blieb ein, zwei Stunden bei Joséphine, Bad, Abendessen, Geschichte, Schmusen, dann ging sie wieder. »Ich muss mir Klarheit verschaffen«, sagte sie – die böse Ausrede derer, die nicht wissen, wie sie dir beibringen sollen, dass sie dich nicht mehr lieben und dass sie vielleicht schon einen anderen lieben. Manchmal kam sie mitten in der Nacht oder im Morgengrauen zurück. Manchmal gar nicht. Sie brachte die Gerüche der Dunkelheit mit, Schweiß, Alkohol, die verdufteten Parfüms, das kleine Elend. Das war ein merkwürdiger Abschnitt unseres Lebens, wir waren ein Paar mit Kind, ohne das Leben eines Paars mit Kind. Wir hatten keine Pläne für den kommenden Sommer. Auch nicht für das Wochenende. Nicht einmal für den nächsten Morgen. Unser Leben bestand aus nichtssagenden *post-its* am Kühlschrank.

Die Babysitterin war bei uns eingezogen und schlief in Joséphines Zimmer. Abends saß sie am Küchentisch, um zu lernen. Und ich schloss mich in meinem Schlafzimmer ein, trank Wein, tränkte das Raubtier. Meine Nächte waren schmerzhaft, finster und heftig, der Morgen violett, trüb und widerlich. Und da regte sich diese Sache und wurde geboren. Schlich sich in meinen Schrecken. Fing an, meine Scham zu verzehren. Faszinierte mich. Allmählich übernahm sie die Kontrolle.

In der Zeit kümmerte sich FFF wie ein großer Bruder um mich. Er zwang mich, den Kühlschrank zu füllen, Blumen zu kaufen, meine Frau zu treffen, mit ihr zu sprechen, zu versuchen, die Dinge wieder ins Lot zu bringen.

An einem Wochenende kam Nathalie nach Hause, weil Joséphine ihr fehlte. Braungebrannt, sie hatte gerade in der Nähe von Nizza Aufnahmen für ihren nächsten Katalog gemacht - auf dem Titelbild ein Mountainbike für weniger als hundert Euro. Sie wirkte glücklich. Dieses Glück wollte ich nicht, ihre schnellen, fröhlichen Sätze, ihre salzigen Worte, den Geruch des anderen auf ihrer Haut, den des leichten Tabaks in ihren Haaren. Deshalb begleitete ich FFF nach Paris zu einem Workshop von Eurofins, bei dem es um Ernährungssicherheit ging. In der Mittagspause sah ich sie. Ich dachte, ich sei nicht mal mehr imstande, eine andere Frau überhaupt zu *sehen*: Nathalies Unentschlossenheit hatte meine Hoffnungen noch nicht restlos zerstört. Ich träumte immer noch von einem wiedervereinten Paar und einer heilen Familie, ich träumte davon, meine Verdammnis zu überwinden. Diese Frau war eine Offenbarung. Natürlich war sie schön, aber was sie für mich unendlich schön machte, war ihre Traurigkeit. Ich verliebte mich sofort. Ich wollte dieses traurige Gesicht mit den Händen umschließen. Ihre Melancholie an meiner Seite spüren. An meiner Schulter. Meinem Bauch. Ich wollte sie tragen, wie eine Haut. Ich wollte sie hier. Dort. In der Bar eines Hotels mit unaussprechlichem Namen, in Mexiko oder anderswo. Ich wollte frische Laken, den Geruch von Sauberkeit, ein Wiedersehen, ein hartes Glied, aus Stein; ein Leben. Mit ihr wollte ich mein verlorenes Lachen, meine Freude, die Sanftheit der Arme wiederfinden, diese Angst schmecken, die uns am Leben erhält - die Angst, den anderen zu verlieren. Ich wollte plötzlich in der atemberaubenden Schönheit ertrinken, die ihr ihre Traurigkeit geschenkt hatte, während mir meine Traurigkeit nur ein Gefühl der Scham geschenkt hatte.

Plötzlich ein Unwohlsein.

»Stimmt etwas nicht?«, fragte sie. Doch. Das heißt nein. Nein, es stimmt etwas nicht. Ich möchte mit Ihnen weit fort von hier. Auf der Stelle. Sie sollen mir beibringen, Sie zu lieben. Ich möchte Sie zum Lachen bringen. Ich habe bisher noch niemanden darum gebeten, aber ich würde gern mit Ihnen in einer Lagune, in klarem blauem Wasser baden, einen *Blood and Sand* mit Ihnen trinken, dabei weiß ich nicht einmal, was das ist. Nein, es stimmt etwas nicht. Es stimmt etwas nicht. Ich möchte. Ich möchte Ihnen wichtig sein. Das ist es. Ihnen wichtig sein. Aber ich habe mich nicht getraut. Ich traue mich nie. »Danke, es geht schon«, sagte ich. »Die Hitze.« »Wenn Sie wollen, können wir an die Luft gehen«, sagte sie. »Draußen einen Kaffee trinken. Und Wasser. Die Konferenz geht erst um vierzehn Uhr weiter, wir haben noch etwas Zeit.«

Ich habe meine Mutter weggehen sehen, Léon. Ich habe meinen Vater mit hängenden Armen darauf verzichten sehen, um sie zu kämpfen. Ich sah unser Unglück danach, ich sah die Tränen von Anna und mir, wenn wir von der Treppe aus zusahen, wie unser Vater in der blauen Küche nach dem vielen Bier mit dem Kopf auf dem Teller einschlief. Also sah ich ein letztes Mal die überwältigende Traurigkeit dieser Frau, ihre ungeheure Schönheit an, und ich verstand, dass es das letzte Mal war. Fortlaufen bringt einen nirgendwohin. Ich las den Namen auf ihrem Journalistenbadge. Ein Seefahrername. Ein Lied von Gainsbourg. Meine Augen waren voller Tränen, als ich ihr antwortete. »Es geht schon, vielen Dank. Ein Freund wartet auf mich, ein Jugendfreund. Vielleicht ein anderes Mal.«

Ein anderes Mal.

ZWEIUNDDREISSIGTAUSEND-EINHUNDERTFÜNFZIG

Ich war gefeuert. Mit siebenunddreißig. Geschieden. Zwei Kinder. Unterhaltszahlungen. Schmerzen. Gefälschter Bericht. Verdacht auf Bestechung. Geheime Absprache. Unlautere Machenschaften. Schwindel. Betrug. Betrüger. Ich habe alles gehört. Ich habe die Feigheit der Menschen gesehen, die gelben Zähne derer, die ich ernährt hatte, die Hurenzungen, die mich geleckt hatten. Erinnern ist keine Vergebung. Zärtlichkeit auch nicht. Ich hatte sie bei der getunten Honda Hornet vor mehreren hunderttausend Euro Entschädigungszahlung bewahrt, vor mehreren zehntausend im Fall des Tänzers und vor etlichen anderen Millionen in all den Jahren, in denen ich ein guter, kühler, misstrauischer, integrer Gutachter gewesen war. Ich war ein perfekter, ein wunderbarer Dreckskerl gewesen. Dafür wurde ich befördert, dafür wurde ich verhätschelt. Die Chefsekretärin fraß mir aus der Hand. Sie gaben mir Prämien. Zwei Jahre zuvor hatte man mir als Weihnachtsgeschenk einen Dienstwagen zugeteilt. Und eine eigene Sekretärin. Auch ein Geschenk. Machen Sie mit ihr, was Sie wollen, aber Montagfrüh muss sie fit sein. Ha ha ha. Dank Ihnen haben wir mit diesen ganzen Autogeschichten so viel Geld gespart, Antoine, dass wir uns überlegt haben, das würde Ihnen Freude machen. Ein BMW 320si. Zweiunddreißigtausendeinhundertfünfzig Euro; meine dreißig Silberlinge. Ich fuhr nach Hause, raste los, schleuderte in den Kurven, beschleunigte bei Gelb, kriegte einen Ständer. Schon an der Tür rief ich Nathalie zu: »Pack den Koffer, wir fahren in die Toscana. Meine Mutter hat gesagt, das ist der schönste Ort der Welt.« Sie antwortete: »Joséphine schläft.« Ein Kind schläft, und die Leidenschaft schläft ein. Wir fuhren nicht. Sie fand den Wagen hässlich, die Farbe hässlich.

Nachdem ich mehr als fünfzehn Jahre geschuftet hatte, reichte eine Sekunde Mitgefühl, um einen Ausgestoßenen aus mir zu machen. Ich hatte diesen Beruf gewählt, um die Dinge wieder ins Gleichgewicht zu bringen, den Punkt des Friedens zu finden, an dem beide Parteien das Gefühl haben, ein gutes Geschäft zu machen, wie Thomas von Aquin schrieb. Ich glaubte an die Gerechtigkeit, die Höflichkeit, die Schönheit. An das Recht auf Ungehorsam. Ich glaubte an eine Zeit, als die Menschen noch gut gewesen waren. Aber die Tiger kamen in der Nacht. Ich habe mich gewehrt, wie ich es niemals gewagt hatte. Ich schlug gegen die Wände ihrer Dummheit, wie ich als Kind gegen die meines Zimmers schlug, weil ich meinen Vater nie mehr berühren wollte. Ich sprach von der Welt, die sich veränderte. Den fünf Milliarden aus Lebensversicherungen, die niemals abgeholt wurden. Fünf Milliarden! Von dem Guten, was man tun könne. Genau das, das Gute.

Aber die Hyänen schäumten, ihre gierigen Finger kratzten auf dem Tisch. Regel bleibt Regel. »Wir haben Sie bezahlt, um nicht zu bezahlen, und wir haben offenbar zu viel gezahlt, wenn Sie so großzügig geworden sind. Es ist leicht, mit dem Geld der anderen wohltätig zu sein, Monsieur.« »Ich bin bereit, die vierzehntausenddreihunderteinundachtzig Euro für den Clio zurückzuzahlen«, schlug ich feige vor. Die Hyänen lachten hämisch. Das Raubtier in mir knurrte. Es wollte herausspringen und sie alle abschlachten. »Zu spät«, hörte ich, »Sie hätten dieser armen Schwangeren sonst was erzählen müssen. Wer weiß, vielleicht hatten Sie für den Preis eines Billigautos Anspruch auf ein paar Streicheleinheiten.« In meinem Kopf fand ein Gemetzel statt. Viel Blut. Hautfetzen. Angeblich lachen die Hyänen, wenn sie ihr Territorium markieren. »Sie werden uns also die Schlüssel und die Papiere des BMW, Ihren Laptop, Ihr Mobiltelefon und alle Dossiers zu Ihren Gutachten zurückgeben. Wir werden all unsere Partner über Ihr Geschäftsgebaren informieren. Die Personalabteilung wird dafür sorgen, dass Sie etwas Arbeitslosengeld bekommen. Und das war's. Wenn Sie nicht einverstanden sind, nehmen Sie sich einen Anwalt.«

SPESENRECHNUNGEN

In der Grundschule waren wir von dem Wort begeistert. Nur ein Buchstabe war zuviel. Es war ein schlimmes Wort, aber auch wieder nicht, ohne Nachsitzen. Deine Mutter hat geflickt, dazu machten wir die entsprechende Bewegung. Manche Kinder weinten, andere lachten darüber. Aber es war nicht lustig, es war ein riesiger, ein ewiger Kummer. Eine Welt, die wie eine Eisscholle zerbrach, ihre Schönheit, ihre Daseinsberechtigung mit sich nahm und für immer verschwinden ließ. Ein radikaler Einschnitt; die Haut brannte, und nichts linderte den Schmerz. Der Anfang vom Ende von sich selbst. Ich habe natürlich nach Erklärungen gesucht. Vergeblich. Ich fühlte mich hässlich, und dann wurde ich hässlich. Weißt du, wenn man nicht mehr auserwählt ist, verwelkt man, man vernachlässigt sich, verachtet sich, ignoriert sich. Man isst schlecht, man wird schmutzig, man fängt an zu riechen. Dann wartet man auf einen wohlwollenden Engel, der sich über einen beugt und einen rettet. Aber der Engel kommt nicht. Die Männer stehen niemals auf, das ist das Rührende an ihnen. Sie fallen immer weiter, mehr oder weniger vornehm; sie strecken die Arme aus, ihre Hände klammern sich an die Leere ihrer Illusionen, ihre Nägel brechen ab. Das Leben ist nichts als ein langer Absturz.

Ich erzählte FFF nichts, weil ich mich schämte, auch meinem Vater nicht, weil er sich meiner geschämt hätte, oder Anna, weil sie sich für Nathalie geschämt hätte. Ich erwähnte kleine Spannungen in unserer Ehe. Ein Bedürfnis nach Luft. Das ist nach der Geburt eines Kindes normal, wurde mir geantwortet. Lass den Dingen Zeit. Eine Ehe erfindet sich jeden Tag neu.

Haufenweise Unsinn.

Später, als meine Mutter mich über diesen Abschnitt meines Lebens ausfragte, als sie meinen Bericht hörte, lächelte sie müde, zündete sich mit ihrem unvergleichlichen Charme die zweimillionste Zigarette an, hustete und erstickte fast an den Worten: »Ich habe dich gewarnt, mein Junge, beim Begehren der Frauen fällt die Liebe nicht ins Gewicht.«

Nathalie begehrte das Begehren, das der Artdirector der Werbeagentur für sie empfand, mit dem sie nach Nizza, Le Touquet und Cabo de Gata in Spanien fuhr, um Fotos von Fahrrädern und Schuhen für ihre Kataloge aufzunehmen. Stundenlang im Zug. Ganze Abende in Hotels mit Meeresblick. Edle Weine. Spesenrechnungen. Verschlungene Finger. Nächte fern von mir, von Joséphine, fern von unserem Leben. Und im Morgengrauen, nach der nächtlichen Gewalt, dem finsteren Schwindel, das Frühstück zu zweit, seine Tätowierung auf der Brust, ein japanisches Ideogramm, das *fukihonpu* (frei, ungehindert) bedeutete und das ihr den Verstand raubte. Er war ein Artdirector, ich war eine Art Langweiler. Er schrie, forderte, zerriss, während ich überlegte, abwog, empfahl. Nathalie betrog mich, weil sie sich mit mir nicht mochte. Sie wollte Anprobekabinen, elektrisierende Blicke, vergängliche Momente. Sie wollte erste Male, letzte Male. Unsere Beziehung verlangte Dauer und Gewissheit, während sie von Fieber und Rausch träumte – hierin ähnelte sie meiner Mutter so sehr. Ich hatte gedacht, dass Joséphine eine Liebe in ihr geweckt hätte, die die Ordnung der Dinge zu ändern vermag. Aber die Arme der Kinder sind zu klein, zu schwach. Sie können nicht einmal ihre Schatten tragen. Dann hatte der Artdirector die Nase voll. Zum *fukibonpu* auf seiner Brust ließ er sich ein *ippikio-okami* (einsam, einsamer Wolf) auf seine Schulter tätowieren. Deine Mutter war verzückt, aber eine andere lauerte schon im Schatten. Nathalie kam wieder öfter zu uns. Joséphine machte ihre ersten Schritte, sprach die ersten Worte. Wir kauften uns einen Fotoapparat, versuchten, eine Familie zu sein. Dann kamen wieder anderswo verbrachte Nächte, wegen der Arbeit. Fahrten nach Paris, verpasste Züge, Zimmer im Terminus Nord. Eine neue Babysitterin. Weitere Gläser Wein. Das Raubtier, das erwachte. Und nachts die Lust, mit einer Flaschenscherbe, einem Stein in der Hand rauszugehen, den Barkeeper zu schlagen, der mich mit den Augen anpöbelte, weil ich nicht genug Trinkgeld hingelegt hatte, Dreckstück, der alten Schachtel eine reinzuhauen, die sich im Supermarkt vordrängelte, weil sie eine alte Schachtel war, Schlampe, den Bengel fertigzumachen, der mir fast die Schulter ausrenkte, als er an mir vorbeiging, weil ich ein alter Zausel war, kleines Arschloch. Die ganze Welt zu vernichten, die ich nicht mehr liebte und die mich nicht mehr liebte.

Mein Schweigen herauszubrüllen und dann zu schlafen, endlich zu schlafen.

DREIHUNDERT EURO

Deine Mama kam zurück, und du kamst zur Welt. Das war eine wunderbare Zeit. Ich habe die Fotos von Joséphine aufgehoben. Wie sie Plüschtiere in dein Bett setzt. Bilder für dich malt. Mit Puppen spielt, das Wickeln an einer Barbie lernt, das ist gar nicht so einfach. Man sieht auch deine Mama. Sie ist schön. Voll von dir. Sie ist sehr rund, sehr schön. Ich dachte, mit dir käme das Glück zurück, Léon, ich dachte, dein Wasser, dein Blut würden unsere Sünden wegspülen, unsere Leben zementieren. Einmal habe ich meine Mutter gefragt, ob sie mich liebe, sie hat geantwortet: »Sicher.« Sicher, was soll das? Du warst gerade geboren, als sie starb, ein Einschreiben, in dem von einem unangenehmen Geruch die Rede war. Sie hatte Bagnolet verlassen, und wir wussten es nicht. Sie wohnte in einer winzigen Einraumwohnung in Pantin, dreihundert Euro Miete, eine Ecke für Huren und Junkies, eine Ecke für Schmerzen. Sie war schon mehrere Tage tot. Die Hitze hat sie verraten. Wir sind hingegangen, deine Tante Anna, Onkel Thomas und ich. Annas Tränen trugen jedes ihrer Worte fort, dabei sind sie weiß Gott selten genug. Thomas zitterte, ich hatte ihn noch nie zittern sehen. Meine Schwester wollte zuerst allein zu ihr gehen. *Verstehst Antoine möchte nicht du hässlich.* Verstehst du, Antoine, sie möchte doch nicht, dass du sie hässlich siehst. Denn deine Großmutter war schön, Léon, sie hatte helle Haut, sie war groß und zart, sie hatte rotblondes Haar, schwarze Augen, und wenn sie sich eine Zigarette anzündete, bewegte sich ihr Unterarm anmutig wie ein Ballettsprung von Nurejew.

Als sie wieder ins Treppenhaus herauskam, sagte Anna: *Sie*, Thomas: *ist*, Anna: *schön*, und ich ging hinein. Dieser Geruch, du kannst es dir nicht vorstellen; der Gestank löscht alles Schöne aus, dringt einem unter die Haut, und verschwindet nie mehr.

Meine Mutter saß in ihrem Bett, mit dem Oberkörper an der Wand, der Hals entspannt, der Kopf zur Seite geneigt. Die Laken waren dunkel, trocken, hart. Laken aus Fleisch. Ihr Mund war erstarrt, ihre Lippen, die so hübsche Ringe aus dem Mentholrauch machten, hatten zu einem letzten Wort, einer erstarrten Silbe angesetzt. Ich blieb allein mit ihr, mit ihrem Körper, und auch da habe ich mich nicht getraut, Léon. Ich habe mich nicht getraut, nach ihrer Hand zu greifen, sie in die Arme zu nehmen, habe mich nicht getraut, zu ihr zu sprechen, ihr die letzten Worte zu sagen. Ich habe mich nicht getraut, sie zu berühren, mich ihr zu nähern. Ein einziges Wort auszusprechen, wenigstens ihren Namen. Ich weinte nicht um sie, ich weinte über meine Feigheit, meine Ängste, ich weinte um all das, was sie mich nicht gelehrt und was ich aus Schwäche nicht zu lernen gewagt hatte.

Meine Mutter hat mich unfertig gelassen, damit ich ein Mann werde, sie hat mich verlassen, damit ich mich finde, sie hat mich auf ihre Art, in ihrer Gleichgültigkeit geliebt, und ich wusste es nicht.

Genau diese Liebe vermissen wir, Léon. Unsere Mütter.

FÜNF FRANCS

Der Arzt tippte auf einen Schlaganfall. Eine entsicherte Granate im Kopf. »Es hätte genauso gut etwas anderes sein können«, erklärte er, »eine akute Lungenerkrankung, eine chronisch obstruktive Lungenerkrankung, Ihre Mutter war sehr geschwächt.«

Als ich sie zum letzten Mal lebendig gesehen habe, war ich dreißig – zwei Jahre vor der Explosion. Sie wohnte noch in Bagnolet. Ein hässlicher Hausflur. Graffiti. Es roch nach Gras. Stank nach Scheiße. Eine kleine Wohnung, zwei Zimmer, erdrückender Tabakgeruch. Ich klopfte an die Tür, sie schrie: »Es ist auf!«, und ich ging hinein. Ihre Haare waren weiß geworden, ihre Haut auch. Sie hatte schwarze Augenringe, *smoky eyes* hätte man das nennen können, wenn sie zwanzig gewesen, wenn sie bei uns geblieben, wenn sie glücklich gewesen wäre. Sie erkannte mich nicht. »Was möchtest du?« »Ich bin es, Mama, Antoine.« Sie hob ihren erschöpften Blick, deutete ein Lächeln an. »Du hättest mich warnen sollen, mein Kleiner, dann hätte ich mich schön gemacht.« Ich habe dich gewarnt, Mama, ich habe dir fünfzig, hundert Briefe geschickt in all den Jahren, mit der Bitte, dich besuchen zu dürfen, um dir zu sagen, dass es für Anna und mich ohne dich hart war, dass es kalt war; mit der Bitte, zu uns zurückzukommen. Und du hast nie geantwortet, nicht mal, wenn ich frankierte Umschläge beilegte, dein Schweigen brüllte, dass du uns nicht wolltest. Aber ich sagte nichts. Feigling, Sohn eines Feiglings. »Soll ich später wiederkommen?« »Ach, nun bist du ja schon hier. Komm, setz dich. Hol uns ein Bier aus dem Kühlschrank und erzähl mir, was du so treibst.« Ich erzählte lange. Von unserer Kindheit ohne sie, ohne Anne, den Ferienlagern im Sommer, Anna und Thomas, der Heirat unseres Vaters. Von seiner Frau in deinem Bett, ihren Kosmetikdosen im Bad auf deiner Seite des Waschbeckens. Von ihren verfluchten Geschenken, als wir Kinder waren. Ich erzählte von meiner Feigheit, von Frédéric Froment. Meinen Demütigungen, den Mädchen. Und von Nathalie, meiner ersten großen Liebe.

Als ihr Kopf zur Seite rutschte, weil sie eingeschlafen war, erzählte ich weiter. Von Joséphines Geburt, meiner Arbeit, den Leben, die ich zerstörte. Von der Sehnsucht nach dir, Mama, vom Mentholduft, den ich mir von Papa gewünscht hatte und jeden Abend vor dem Schlafengehen einatmete, der mich an deine schönen Hände erinnerte, die mich nie berührt hatten, die ich aber liebte. Dann verstummte ich. Sie atmete laut, schlief unruhig. Die Gespenster mögen das Elend, weißt du. Auf dem Tisch lagen Bierdosen, eine alte Zeitung und ein paar total abgegriffene Bücher ihrer geliebten Françoise Sagan. An den Wänden waren Feuchtigkeitsflecken; einer davon sah aus wie ein kleiner Wildschweinkopf. Eine Pareidolie. Sie hatte eine Region in Italien daraus gemacht, hatte die wunderbaren Namen eingetragen, Florenz, Prato, Siena, Pisa, Arezzo, die Reisen, die sie allein unternommen hatte, ohne Koffer, ohne Pass, ohne uns, ohne alles. Auf dem Fußboden stand ein kleiner Fernseher, der an die Antenne der Nachbarwohnung angeschlossen war. Kochecke, eine Gasflamme, Konserven. Ich wollte weinen, endlich ein Sohn sein, sie in die Arme nehmen, um sie weit von hier wegzubringen, in den Wildschweinkopf, der an die Toscana erinnerte, und ihr eine letzte Reise in Schönheit zu schenken. Ohne Schmutz. Ohne Schrecken.

Ich stand auf und ging ins Schlafzimmer. Eine große Matratze direkt auf dem Boden, Medikamente, eine leere Wasserflasche und da, in Höhe des Bettes, neben der Fußleiste mit Nadeln angepinnt: zwei Fotos. Das erste ein Passbild aus dem Automaten, für fünf Francs, mit dem gerafften Vorhang im Hintergrund. Ich war ungefähr sechs, ordentlich gekämmt, weißes Hemd, bis oben zugeknöpft. Das hatten wir, meine Mutter und ich, für den Judoklub aufgenommen. An jenem Tag mit ihr war ich glücklich gewesen. Sie hatte mir gesagt, ich sei schön. Ich würde ein angenehmes Leben haben. Alle Frauen würden sich in mich verlieben, und wenn ich es richtig anstellte – ohne zu viel Poesie, Antoine, mit etwas Muskelkraft und viel Wagemut –, würde ich ein König werden. »Gott, du siehst aus wie ein kleiner Mann«, kommentierte sie die Fotos und setzte einen geräuschvollen Kuss auf den Streifen von Schwarz-Weiß-Porträts, dann ging sie mit mir ins Palace, wo sie mich in den Kinosaal schmuggelte. Sie kaufte uns Eis, und wir sahen *Nachtblende*. Sie weinte über die Schönheit von Romy Schneider, und ich hatte panische Angst vor Claude Dauphin. Ich legte mich zwischen die Reihen auf den Boden, um die Bilder nicht zu sehen, und sie hielt während des ganzen Films meine Hand fest. An dem Tag war ich der glücklichste kleine Junge auf der ganzen Welt.

Auf dem zweiten Foto sah man die lachenden Zwillinge im Garten unseres Hauses. Sie waren drei oder vier Jahre alt und trugen hellrosa Kleider. Sie sahen aus wie Bonbons.

Meine Mutter fing an zu husten, und ich stürzte zu ihr.

»Was hast du gesagt, Antoine?«

AUF SIEBENHUNDERT ABGERUNDET

An dem Wochenende wart ihr beide bei mir. Es war ein langes Wochenende, erster Mai. Nathalie traf sich seit einigen Monaten wieder mit dem Artdirector, der die Ideogramme seines kleinen Lebens erneut bereichert hatte, diesmal mit einem *ecchiwosuru* (vögeln, sich paaren). Wir hatten lange miteinander geredet. Hatten Wein getrunken, geweint. Wir drückten uns aneinander. Wir hatten Angst. Uns war kalt. Wir erinnerten uns an die Geburt von Joséphine, an ihre wohlgeformten winzigen Nägel, ihre langen Wimpern, ihren Erdbeermund. An die furchtbaren Monate, die dann folgten. Die Abtreibung. Die Nächte auf dem Sofa. Den Geruch des anderen. An Nathalies Rückkehr und schließlich an deine Ankunft, Léon.

Wir weinten um unser verpfuschtes Leben. Um das Feuer in den Kabinen. Ich versuchte, die Scham über meine neue Position zu verschweigen: *Arbeitsloser, ohne Stellung*. Sie wollte sich entschuldigen, und ich wollte keine Entschuldigung. Sie küsste mich zum letzten Mal. Es war ein sehr langer, gewaltiger, leidenschaftlicher Kuss. Ich flüsterte ein letztes Mal, dass ich sie liebe, sie errötete und ging fort. Später würden die Kinder ihr folgen, wenn sich der Artdirector ihrer erinnerte und bereit wäre, ihnen etwas Platz zu machen.

Inzwischen tat ich mein Bestes, das heißt das Gegenteil von meinem Vater.

Ich lernte, die Waschmaschine zu benutzen und achtete darauf, Weiß- und Buntwäsche zu trennen. Chlorbleiche gegen den Kalk. Schwarze Seife von Briochin für den Backofen. Öl ins Wasser, damit die Nudeln nicht kleben. Ich lernte die Antworten auf die Fragen, die ihr beide mir eines Tages stellen würdet (Warum regnet es, Papa? Warum entspricht ein Hundejahr sieben Menschenjahren? Warum hast du keine Arbeit mehr?). Ich lernte, »Ich hab dich lieb« zu sagen, wenn ihr mir eine Zeichnung, einen gut geknoteten Schnürsenkel, ein aufgeräumtes Zimmer zeigtet.

Ich versuchte, das zu geben, was ich nie bekommen hatte.

Und an dem Wochenende, wie es immer an Feiertagen und Scheißtagen passiert, fing ein Heizkörper im Haus an zu tropfen, dann spritzte das Wasser. Du hast gerufen: »Papa, Papa, im Wohnzimmer ist eine Pfütze!« Ich hatte den Namen des am weitesten von der Erde entfernten Planeten gelernt, Neptun, und des nächsten, Venus, aber nicht, wie man eine lecke Heizung repariert. Joséphine brachte mir ganz stolz einen von den tausend Prospekten, die regelmäßig unter unserer Tür hindurch geschoben wurden. Von den *Wasserburschen*. Ich rief an. Natürlich. Natürlich. Kein Problem. In fünfzehn Minuten. Weißt du noch, wie Ihr geguckt habt, als der Klempner hereinkam? Ihr seid erstmal zurückgeschreckt. Er sah aus wie ein Sumoringer. Seine verquollenen Augen betrachteten die Wunde an der Heizung. Dann holte er einen Schlüssel aus der Tasche und nach zwanzig Sekunden hörte das Wasser auf zu fließen. Als nächstes wollte er alle anderen Heizkörper des Hauses überprüfen. Das kann auch bei jedem anderen passieren. Und die Wasserspülung testen. Die Gefahr lauert überall. Den Wasserzufluss in der Küche, im Bad. »Oje«, entfuhr es ihm. »Ich brauche einen

O-Ring, und ich habe keinen.« »Einen O-Ring?« »Sonst rufen Sie mich in drei Stunden wieder, weil Ihr Bad sich in einen Swimmingpool verwandelt.« »Ach.« »Ja, zu viel Druck wegen der Geschichte mit dem Heizkörper.« »So, wegen der Geschichte mit dem Heizkörper. Und was kann man da tun?« »Ich rufe einen Kollegen, er wird mir aushelfen.« Der Sumo setzte sich auf einen der Esszimmerstühle, und deine Schwester unterdrückte einen Schrei. Aber der Stuhl hielt stand. Er holte ein Stück Papier und einen Bleistift aus seiner unergründlichen Tasche, schrieb die erste Zahl nieder: achtzig Euro. Dann: Wegegeld, Feiertagszuschlag, fünfunddreißig Euro, Entlüftung eines Heizkörpers dreißig Euro, mal acht, zweihundertvierzig Euro, Instandsetzung der defekten Heizkörperdichtung, dreiundfünfzig fünfzig; Arbeitslohn: »Ich bin um zehn Uhr fünfzig gekommen, jetzt ist es elf Uhr dreißig, ich berechne Ihnen nur eine halbe Stunde, fünfundsiebzig Euro, dazu der Feiertagszuschlag, fünfzig Prozent, das sind siebenunddreißig fünfzig.« Ich wollte gerade etwas wie »Sie wollen mich wohl verarschen« sagen, da klingelte es an der Tür. Die merkwürdigen Lippen des Klempners schmunzelten. »Das ist der O-Ring, ein O-Ring ist nicht teuer, dreiundneunzig Cent, Wegegeld für den Kollegen, achtzig Euro, die Installation berechne ich Ihnen nicht, auch nicht den Feiertagszuschlag für ihn, dazu die Mehrwertsteuer, gesamt, zackzack, minus, plus, zwei im Sinn, so, siebenhundertneunzehn neunundachtzig, ich runde auf siebenhundert ab.« Ich wollte widersprechen, aber er stand schon auf, ging Richtung Eingang, um dem Kollegen zu öffnen. Noch so ein Fleischberg.

Da begriff ich. Reingelegt, übers Ohr gehauen, bis das Ohr ab ist, sagt FFF. Wie mit der alten Schachtel im Supermarkt, mit dem Taxifahrer, der die längste Strecke fährt, dem Bullen, der dir fünfunddreißig Euro Bußgeld aufbrummt, weil du hinter einem Riesenjeep gehupt hast, der in der zweiten Reihe parkt: »Laut Artikel R416-1 der Straßenverkehrsordnung ist das Hupen nur bei unmittelbarer Gefahr erlaubt, mein Herr.« »Aber der da vorne darf da parken, alle Leute behindern!« »Ihre Papiere, bitte, steigen Sie aus.«

All diese Kränkungen, diese Demütigungen. Jahre voll blauer Flecken, eine Kindheit voller Blutergüsse, unterdrücktem Zorn.

Und dann eines Tages, der Blick deiner Kinder, diese unglaubliche Distanz, da schon. Ihre höfliche, vorsichtige Verachtung, da schon; du bist kein Held, jetzt ist Schluss, du wirst nie einer werden. »Warum hast du bezahlt, Papa?«, fragte Joséphine, als die beiden Monster fort waren. »Das sind üble Diebe, du hättest die Polizei rufen müssen.« Die Polizei. Den Gesetzeshüter. Die verlorenen Illusionen. Und du hast noch eins draufgesetzt: »Ich hätte den Dieben eins in die Fresse gehauen.« Der berühmte Tropfen …

An dem Tag ist der Tiger aufgewacht, Léon, und nie mehr eingeschlafen.

DREIHUNDERTNEUNUNDNEUNZIG NEUNUNDNEUNZIG

Die 52 passte ihm wie angegossen. Er war noch dünner geworden, schien sich aber bei dieser Größe stabilisiert zu haben. Ein schöner dunkelblauer *Glencheck*-Anzug für dreihundertneunundneunzig neunundneunzig. Er hatte die Figur und die Eleganz wiedergewonnen, die er auf den Schwarz-Weiß-Fotos von seiner Hochzeit mit unserer Mutter hatte, an einem kühlen 14. Januar vor tausend Jahren, als es uns noch nicht gab, als noch alles möglich war und ihre Liebe ihr Leben verschönern würde. Aber dann war ich gekommen und hatte ihre Träume zerstört.

Ich war der Anfang vom Ende.

»Wir wissen nichts wir warten ab der Doktor sagt man kann nichts mehr machen *er* entscheidet am Ende entscheidet *er* wenn der Doktor *er* sagt meint er diese Sache die hat jetzt das letzte Wort siehst du dein Vater kann morgen noch da sein in einem Monat sechs Monaten sechs Jahren er kann uns heute noch verlassen man weiß es nicht man weiß gar nichts mehr und wenn ich ihn frage was ihm am liebsten wär was er vor dieser schrecklichen Sache noch machen möchte schaut er mich lächelnd an kein böses Lächeln aber auch nicht wirklich nett ich glaube es ist ein trauriges oder melancholisches Lächeln über das Leben auf das er keine Lust mehr hat er antwortet nicht ich möchte so gerne dass er mir sagt worauf er vorher noch Lust hat aber vielleicht wünscht er sich dass ich weggehe und traut sich nicht es auszusprechen es ist schwer jemandem zu sagen dass man ihn nicht mehr braucht das ist sehr schwer das nagt entsetzlich die Bitterkeit nicht genug geliebt zu haben was man zurücklässt.«

GELD FÜR DIE MIETE

Anna, Thomas und ich blieben einige Tage in Bagnolet und befragten die Nachbarn.

Eine nette Frau, sehr diskret. Sie hat ein paar Monate mit einem Mann zusammengelebt, er war jünger als sie. Dann kam ein anderer, aber er schlief nicht da, hatte vielleicht Familie. Manchmal schrie er rum. Aber niemand hat sich beklagt. Wenn du dich hier beklagst, ist am nächsten Morgen dein Briefkasten ausgebrannt, der Müll auf deinem Fußabtreter verteilt, deine Katze mausetot.

Ich mochte sie, sie muss einmal sehr schön gewesen sein. Ich habe ihr immer gesagt, dass sie zu viel raucht. Durch sie habe ich die Bücher von Françoise Sagan entdeckt. Die sind sehr hübsch, haben mir sehr gut gefallen.

Sie hat bei Lidl gearbeitet, in der Avenue Gambetta. Sie ging morgens um vier oder fünf Uhr los, zum Saubermachen, und weil sie Angst vor der großen Maschine hatte, mit der sie da die Fußböden wischen, hat sie es mit der Hand gemacht, mit dem Scheuerlappen. Sie sagte, dass sie früher sehr schöne Hände hatte. Sie war eine mutige Frau. Nein. Von ihrem früheren Leben hat sie nie erzählt. Ich wusste nicht mal, dass sie Kinder hatte. Man sah aber, dass sie gelitten hat. Beklagt hat sie sich nie. Nachmittags putzte sie bei Doktor Humbert, neben dem Park Jean-Moulin. Die haben sie gut behandelt. Sie war zufrieden. Sie haben ihr auch den kleinen Fernseher geschenkt. Sie liebte das Fernsehen. Einmal hat sie gesagt, dass ihr Léon Zitrone fehlt, der große Moderator, dass er mehr Stil, mehr Ausdruck hatte, als die *Talkmaster* von heute. Sie ist weggezogen, als man sie bei Lidl entlassen hat. Sie haben sowieso alle entlassen und jüngere, billigere eingestellt, so ein Gesindel, das kann ich Ihnen sagen. Sie hatte kein Geld mehr für die Miete. Tut mir leid! Ich weiß nicht, wohin sie gezogen ist, habe nichts mehr von ihr gehört.

Ach so, das war also Ihre Mutter? Und Sie haben nie nach ihr gesucht?

DREI FÜNFUNDNEUNZIG, ACHTZIG CENT

Anna und Thomas sorgten sich, weil ich keine neue Arbeit fand. Ich hatte ein paar erfolglose Vorstellungsgespräche. Mein Lebenslauf landete im Papierkorb, bei den dreieinhalb Millionen anderen, die man schon hineingeworfen hatte. Anna lud mich sehr oft zum Essen ein, »du sollst nicht allein sein, das Schweigen ist nicht gut«, sagte sie, »es erzählt böse Sachen.« Sie waren miteinander glücklich, seit sie sieben Jahre alt waren, das war schon fünfundzwanzig Jahre her. Sie waren schön. Seit sie sechzehn waren, lebten sie zusammen. Thomas kam nach Cambrai und wohnte bei uns. Er machte uns glücklich, die Gewitter zogen davon, und unser Vater lächelte ab und zu. Am Ende gaben wir uns auch mit seiner Frau Mühe. Wir weinten nicht mehr über die Abwesenheit unserer Mutter. Wir waren erwachsen geworden, eine andere Form von Grausamkeit.

Dann ging ich aus dem Haus, um mit Nathalie zu leben. Meiner großen Liebe. Thomas und Anna beschlossen sehr früh, keine Kinder zu bekommen. Als die Frau unseres Vaters sie eines Abends fragte, warum nicht, antworteten sie, all der Kummer solle mit ihnen enden. Nach dem Abitur studierten sie Literatur in Lille. Dann fingen sie an Bücher zu schreiben - vierhändig. Wie Delly oder Nicci French. Geschichten, die gut enden. Nicht wie das Leben.

»Schreib ein Buch«, schlug mir Thomas eines Tages vor, »das würde dich erleichtern.« »Pff, das kann ich nicht.« »Glaub das nicht, Antoine, Cioran hat gesagt, die Quelle eines Schriftstellers sind seine Schandflecken.«

Seit meiner Entlassung regte sich Nathalie ständig auf, weil ich nicht mehr so viel Unterhalt zahlen konnte. Sie verlangte, dass wir das Haus verkauften, und wollte die Hälfte des Geldes und noch mehr. Ihr wart seltener bei mir. Der Artdirector wurde euer Held. Er war tätowiert. Exotisch. Er hieß Olivier, das klang nach Süden, und er fuhr ans Meer, um Sandalen und Wanderrucksäcke zu fotografieren. FFF suchte uns ein billigeres Büro. »Du musst deine Geschäftsadresse behalten, auch ein Telefon und deinen Namen an einer Tür. Du musst weiter die Welt um dich hören, sonst zerfrisst dir der bloße Gedanke an die Arbeitslosigkeit die Prostata, zerstört deinen Dickdarm. Bleib wütend, Antoine, der Zorn hält einen aufrecht.«

Wir trieben uns abends nicht mehr rum, tranken kein Bier mehr zusammen. Er ging früh nach Hause. Er zog nie mehr allein los, Fabienne hatte die Sache wieder in die Hand genommen, er verirrte sich nicht mehr in den Mund eines kleinen Luders. »*Du* solltest sie besuchen, das würde dich entspannen, mein Lieber, du siehst total verklemmt aus, ganz elend mit deinem Unglück, dem zerknitterten Hemd und den bescheuerten Turnschuhen. Kummer macht niemanden an, das solltest du wissen. Also geh zu der Kleinen, während du darauf wartest, dass du ein nettes Mädchen triffst und dir wieder ein hübsches Leben vorstellen kannst und dass dich deine Gören wieder ernst nehmen, lass es dir von ihr besorgen.«

Aber ich traute mich nicht. Ich habe mich nie getraut.

Ich ging immer nach Hause. Wärmte mir ein Tiefkühlgericht von Picard auf, Paella Valenciana für eine Person, drei fünfundneunzig, Korma-Hähnchen mit Basmatireis, achtzig Cent. Meine Hände zitterten, ließen den Mann entfliehen, der ich gewesen war. Manchmal weinte ich, weil ich fand, dass ich ein guter Kerl gewesen war, anständig in meinem Beruf, loyal zu meiner Familie, ich hatte versucht, sie zu retten, ich hatte versucht zu verzeihen, aber meine Feigheit hatte mich verraten. Ich hatte versucht, meine Mutter wiederzufinden, aber sie wollte mich nicht, sie zog die Brutalität der Einsamkeit dem Fehlen von Leidenschaft vor, sie hatte den Absturz hingenommen, weil sie nicht hoch genug geflogen war. Sie hatte ihr Leben verstreichen lassen, während sie gern aus Liebe gestorben wäre.

»Eine kurze Geschichte, wenn es sein muss«, hatte sie gesagt, »aber so stark, dass man gleich danach sterben kann, sterben muss. Nichts zählt außer dieser Liebe, mein Schatz. Aber was fehlt, kann nicht gezählt werden.«*

Ich hatte den Hass meines Vaters auf mich gezogen. Ich ließ ihm eine Chance, er lächelte kurz, dann fiel es ihm wieder ein. Das Bedauern darüber, was wir hätten sein können. Die Krankheit nagte an ihm, aber er wollte mich zu Patricia, in die Zeit der hübschen Dinge zurückführen. Auf seine Art entschuldigte er sich. An diesem Abend umarmte ich ihn, drückte ihn an mich, wie es manchmal ein Vater mit seinem Kind macht, das hingefallen ist und nicht allein aufstehen kann. Ich weinte, ich flüsterte ihm das Undenkbare zu: »Papa, du hast mir so sehr gefehlt, so sehr.« Die Frau meines Vaters verschwand schluchzend im Schlafzimmer. Mein Vater und ich blieben allein, er rieb sich die geröteten Augen. Ein Bluterguss. Ein alter Hund.

Auch ich habe manchmal Lust zu sterben, Papa.

* Prediger Salomo, 1.15.

TAUSEND

»Die kommt aus Amerika. Und die Amis haben den Western erfunden. Die Smith & Wesson. Die Stinger-Raketen. Den Hummer. Inspektor Harry. Das ist was Ordentliches, Junge. Erste Wahl. Damit durchlöcherst du auf fünf Meter alles, was du willst. Auf fünf Meter bleibt nix übrig. Blech, Schädel, Fleisch. 22er Kaliber. Fünf Schuss. Kaum Rückstoß. Cooles Teil. Die Weiber stehn drauf. Passt in jede Tasche. Hab sie grad auf Vordermann gebracht. Nur einmal benutzt, in Marseille. Keine Spuren. Keine Nummer. Jungfräulicher geht's nicht, *man*. Komm schon, entscheid dich, ich hab noch was andres zu tun. Tausend hatten wir gesagt.«

Ich habe mich getraut. Zum zweiten Mal in meinem Leben. Ich habe mich getraut, hab mich ins Innerste von Lille Sud gewagt, ins Fettgewebe, auf der anderen Seite der Autobahn. Bin in die trüben Eingeweide eingetaucht, wie in eine böse Geisterbahn. Ich wurde geschubst, angemacht, bedroht. Man hat mich gefragt, was ich wolle. Dope. Weiber. Handy. Schießeisen. Schießeisen, habe ich verängstigt geflüstert. Ich hätte mir beinahe in die Hosen gemacht, wäre fast im Schlamm versunken.

»Tausend. Morgen, *medianoche*, Parc de l'Aventure. Wir finden dich. Und wenn du nicht kommst, finden wir dich auch.«

Als ich zu Hause war, habe ich mich übergeben. Ich konnte nicht schlafen. Ich stellte mir vor, sie würden mich ausrauben, abstechen. Oder anzeigen. Vielleicht waren es V-Männer. Ich war immer der Dumme, das wusste ich. Das hatte man mir schon gesagt. Diesen Messerstich hatte man mir schon versetzt. Sicher bin ich genau deshalb am nächsten Tag hingegangen, an den Rand des Abgrunds. Wegen der Demütigungen, der Wunden. Mit tausend Euro in der Tasche.

Siehst du, endlich kann ich etwas machen, was ich mich nie getraut habe. Ich kann neben dem Zebrastreifen über die Straße gehen, wenn ich will. Einem Idioten den Finger zeigen, ausnahmsweise »Scheiße« sagen. Zu wem ich will. Zu deiner Mutter, wenn ich will. Fick dich, Nathalie. Und du auch, du tätowierte Arschgeige. Fick dich. Fick dich. Das heißt *kusokurae* auf Japanisch, siehst du, ich weiß auch manchmal was. Fickt euch alle ins Knie. Meine Wut überschwemmt mich, erschreckt mich, macht mich betrunken.

Es dauerte keine zwölf Sekunden, bis die Schattenfinger meine zwanzig Fünfzigerscheine gezählt hatten. In der dreizehnten Sekunde hatte ich eine Ruger LCR-22 in der Tasche.

SECHS MONATE LOHN

Ich besuchte wieder meinen Vater. Er war schick in seinem *Glenchbeck*-Anzug; ein letztes hübsches Foto. Er weinte.

»Seine Augen tränen jetzt immer ich weiß nicht ob wegen der Medikamente oder weil er immer traurig ist und ob er nicht wegen mir immer traurig ist weil ich lebendig bin ich bin alles was er verlieren wird glaubst du sein Lächeln kommt zurück?«

Ich beruhigte die beiden, seine Frau und ihn; ich verlogener Sohn. »Ja, ich bin an was dran, interessante Sachen, ich führe viele Gespräche. Vielleicht werde ich in einer Kommission arbeiten, die gegen Schutzgelderpresser bei technischen Fahrzeugkontrollen ermittelt.«

»Antoine du hast Talent das erzählt mir dein Vater immer wieder es ist doch traurig dass man dich entlassen hat das muss ein Schock gewesen sein ein Cousin von mir wurde von Vallourec gekündigt er hat das nie verwunden er ist mit Lohn für sechs Monaten gegangen und nach drei Monaten war Schluss.«

Sie rührten mich beide, im kleinen Pyjama ihres Lebens. Mit ihren Bewegungen ohne Weite. Ihrer diskreten Freundlichkeit, um nicht zu stören. Mein Vater war glücklich im Bescheidenen, in der Enge; nie entfaltete Flügel, kein wilder Sprint auf einem Steg, um ein Schiff noch zu erwischen. Er hat die Hand meiner Mutter ergriffen und gleich wieder losgelassen, weil sie brannte. Er hat einen Schlussstrich unter seine Neigung für die Dichtung, seine Träume von Forschung und einem Nobelpreis gezogen. Er blieb bei Lapchin, verbrachte sein Leben mit dem Mixen Tausender Salben und Pulver und zog tagtäglich seinen Kittel an. Bei ihm machte der Kittel den Mann, und der Kittel war zu eng.

Wir schauten uns zu dritt *Singin' In The Rain* an, und als der Film vorbei war, küsste ich meinen Vater, küsste seine Hände. An der Türschwelle bedankte sich seine Frau bei mir, »du bist ein guter Sohn es ist gut was du für ihn tust«.

Ich lächelte sie an. »Du bist ein guter Mensch, Colette.«

Da entfuhr ihr ein unterdrückter Schrei. »Zum ersten Mal in dreißig Jahren sprichst du meinen Vornamen aus.«

Ich aß zum letzten Mal bei Anna und Thomas. Als ich ging, flüsterte mir Anna etwas zu. *Wähle Tag.*

Wähle den Tag. Und die Nacht verschlang mich.

ALLES GOLD DER WELT

Letztlich ist es nicht schlecht, dass deine Mutter wegen der Fotos für ihren Frühjahrskatalog nach Leucate gefahren ist. Dadurch hatten wir eine Woche ganz für uns, wir konnten unsere Gesellschaft völlig auskosten. Hast du gemerkt, wie witzig deine Schwester sein kann? Gestern, als sie die Frau meines Vaters nachgeahmt hat, als sie anfing, so wie sie zu sprechen, ohne Punkt und Komma, ohne Pause, ohne Luft zu holen, am Ende tat sie so, als würde sie ersticken, zu Boden sinken, das war genial. Du bist verschlossener, Léon, du senkst den Blick, bist wortkarg, du bist wie ich, du nimmst die Sachen in dir auf, bewahrst sie tief drinnen. Irgendwann wird es zu schwer. Ich hoffe, du warst zufrieden. Heute war ein schöner Tag, der schönste von allen, unseres ganzen gemeinsamen Lebens, sogar noch schöner als der Tag eurer Geburt. Es war ein wunderbarer Tag. Nach so einem Tag kann man nichts bereuen. Wusstest du, dass der *Othello*, das Schokoladenbaiser von Montois, früher Negerkopf hieß? Man hat den Namen wegen *Neger* geändert. Weil man das nicht mehr sagen darf. Aber man kann weiter wie ein Vollidiot behandelt, wie ein Stück Dreck gefeuert, ohne Grund verlassen werden. Allein leiden. So ist es halt. Andere denken an unserer Stelle. Wir dürfen uns nicht beklagen. Das ist kein schönes Leben. Aber jetzt ist Schluss damit. Manchmal darf man nicht länger beharren. Auch wenn man dir ständig erzählt, dass du kämpfen musst - das ist Blödsinn. Du kannst alles Gold der Welt besitzen, trotzdem bleibt das Blödsinn. Sieh dir meinen Vater mit seinem verdammten hungrigen Krebs an. Er wird nicht gewinnen. Er wird aufgefressen werden und Schluss. Er wird elendig zugrunde gehen. Wie ein Stück Dreck. Man muss aufhören können, Léon. Zu wissen, wann das Ende kommt, ist ein Geschenk. Dass man sich empfehlen kann. Allen den Finger zeigen. Ihnen sagen, ihr tut mir nicht mehr weh.

Heute hören wir auf, Léon. Heute gehen wir. Deine Schwester ist vorhin gegangen. Ich habe geweint, als ich das Kissen auf ihren Kopf gelegt habe. Sie ist so schön. Meine Hand hat gezittert. Ich habe den Abzug kaum berührt. Der Rückstoß war überraschend. Ich weiß, dass sie nicht gelitten hat. Man leidet nicht. Es geht zu schnell. So schnell. Ich bin nicht traurig. Man kann nicht traurig sein, wenn man weiß, dass man nicht mehr leiden wird. Dass man nie mehr leiden wird. Wie meine kleine Schwester Anne, die eines Morgens nicht mehr aufgewacht ist. Ich sage dir auf Wiedersehen. Ich sage dir, dass ich dich liebe. Und dass es manchmal regnet, weil Tane seine Eltern auseinandergerissen hat. Er hat Papa mit den Armen und Rangi mit den Füßen weggeschoben, bis er sie getrennt hat. Ranginui ist der Vater Himmel geworden. Und Papatuanuku die Mutter Erde.

Der Regen, Léon, ist mein riesiger Kummer.

Und Joséphine schrie: »Papa, Papa, ich blute ganz doll, mein Mund tut so weh.«

Der Wunsch zu töten oder sich selbst oder alles
in seinem Umkreis zu zerstören, tritt immer nur
gekoppelt mit einem gewaltigen Wunsch zu lieben
und trotz allem geliebt zu werden, auf, gekoppelt mit
einem ungeheuren Wunsch nach Verschmelzung mit
dem anderen und damit nach Rettung des anderen.

Louis Althusser, *Die Zukunft hat Zeit.*

Zweiter Teil

1922

Das Hotel heißt *Desconocido*. Es liegt an der mexikanischen Westküste, sechzig Meilen südlich von Puerto Vallarta, mitten in einem Naturpark. Die Pfähle des *palafito* tauchen so elegant in den Pazifischen Ozean, wie die Füße mancher Frauen die Badetemperatur des Wassers testen. Es gibt eine Bar, in der man *Blood and Sand* serviert, den Cocktail, der 1922 für den gleichnamigen Film mit Rudolph Valentino erfunden wurde. Die Geschichte eines Matadors. Wilde Leidenschaften. Blut und Sand. Je zwei Zentiliter Whisky, Kirschlikör, roter Wermut und Orangensaft. Ein Orangentwist zur Verzierung. Eben habe ich mir den zweiten bestellt. Die Flügel des Ventilators kreisen langsam über meinem Kopf. Ein ruhiger, regelmäßiger Luftstrom. Da drüben sitzt das norwegische Paar, wie jeden Abend. Sie trinken Champagner und sprechen nicht. Nachher kommt der Inder mit seiner Tochter, um den Fisch vom Tagesfang mit Gemüse aus dem Dorf zu essen. Es gibt kein Fenster, nur breite Öffnungen in den Wänden. Die Hitze hat nachgelassen. Die Sonne ist eine dicke Orange. Sie hat die Farbe des Feuers in meinem Glas. Bald wird sie im Meer versinken, dann ist es dunkel. Das Raubtier ist weg. Die Nächte schrecken mich nicht mehr. Schon fast vier Wochen bin ich jetzt hier. Ich benutze das Geld, mit dem ich hergekommen bin, um zu essen. Mich zu waschen. Wieder etwas zuzunehmen. Ich habe wenig gesprochen. Allmählich kommt mein Schulspanisch zurück. Meine Sätze werden jeden Tag länger. Sie schmunzeln über meine Fehler. Bieten mir Wörter an, wie Krücken. Sie möchten so sehr, dass ich es schaffe, mich verständlich zu machen. Ein Mensch, der sich schlecht ausdrückt, ist wie ein Tier. Ein *pendejo*. Ich habe gelernt, nachts wieder zu schlafen. Ich bin stundenlang am Ufer des Ozeans entlanggelaufen, nur einen kleinen Schritt von seinem todbringenden Appetit entfernt, aber er hat mich nicht erwischt. Ich habe die, die ich liebte, fortgehen lassen. Die Augen meines Vaters weinten noch, als ich sie alle verließ. Sie waren am Leben. Wir sollten es nicht mehr sein.

Hier kennt mich niemand. Ich habe keine Vergangenheit. Ich habe niemals eine Ruger in der Hand gehalten. Nie einen Abzug gedrückt. Ich komme aus Europa, aus Frankreich. Ach Paris, Paris! Ich bin noch etwas zu dünn. Meine Haut ist in den letzten Wochen von der Sonne dunkler geworden. An den Seiten werden meine Haare allmählich weiß. Das Grün, das meiner Mutter gefiel, strahlt wieder in meinen Augen.

Desconocido. Unbekannt.

15

Der Schrei hatte Léon geweckt. Als er das blutüberströmte Gesicht seiner Schwester sah, begann er auch zu schreien. Er entdeckte die Waffe in meiner Hand. Das Kopfkissen in der anderen. Ich packte Joséphine. Die Kugel hatte ihren Kiefer durchbohrt, den Knochen freigelegt. Ich hielt meine Tochter in den Armen. »Léon, ruf die 15 an! Los, 15! Mach schon. Sag, dass es eine Schussverletzung ist. Im Gesicht. Ein Kind. Beeil dich! Beeil dich!«

Sechs Minuten später war unser Leben vernichtet.

Polizisten kamen ins Haus. Trennten mich von meinen Kindern. Versuchten, Nathalie zu erreichen. Vergeblich. Dann riefen sie die Frau meines Vaters an. Sie schickten ihr einen Wagen. Ließen Ärzte kommen. Schickten neugierige Nachbarn nach Hause. Joséphine war schon mit dem Rettungswagen ins Universitätsklinikum gebracht worden.

In der Küche, wo man mich warten ließ, betrachtete mich mein Wächter zuerst mit Abscheu. Dann mit unendlicher Traurigkeit. »Der eigenen Tochter so etwas anzutun. Verdammt.« Ich musste meine Schnürsenkel, meine Uhr abgeben. Und die Taschen leeren.

Die Frau meines Vaters kam. Léon stürzte zu ihr. »Schon gut es ist vorbei ich bin da Léon wir gehen zu mir dein Großvater wartet auf dich er hat heiße Schokolade gekocht wir gehen zu mir du wirst erstmal baden dich ausruhen wenn du willst sehen wir uns einen Film an wir haben lauter gute Filme Musicals o mein Gott was ist nur passiert was ist passiert hatten wir nicht schon genug Unglück musste das.« Eine Frau legte sanft die Hand auf ihre Schulter, damit sie schwieg. Dann verließen sie das Haus, Léon in seinem beschmutzten Schlafanzug zwischen sich. Eine kleine Puppe ohne Gelenke. Dann kam die Leere. Der Abgrund.

Sie legten mir keine Handschellen an. Sie schoben mich energisch zum Wagen. Ich stieg ein. Mein Wächter setzte sich neben mich. Sein Blick ließ mich nicht los. Ebenso wenig wie sein Hass. Wir fuhren los. Blaulicht. Keine Sirene. Ein kleiner Zwischenfall: Ein Mann schießt auf seine elfjährige Tochter. Kein Grund, das ganze Viertel aufzuwecken. Der Wachtmeister im Revier erkannte mich wieder. Ein trauriges Lächeln. »Ich habe es Ihnen ja gesagt, Monsieur, der Mülleimer für das Unglück der Menschen. Los, setzen Sie sich hier rein, es kommt gleich jemand.« Ich erkundigte mich nach meiner Tochter. »Es kommt gleich jemand, Monsieur.« »Ist sie?« »Es kommt gleich jemand, Monsieur.« Es kam niemand.

Im Morgengrauen brachten sie mich im Krankenwagen in den Sicherheitstrakt der Universitätsklinik von Lille. Sie fesselten mich an ein Bett. Sie steckten mir Nadeln in den Arm. Ich verlor mehrmals das Bewusstsein. Die Wärme meiner Pisse tröstete mich. Der Geruch meiner Scheiße. Ich verweigerte die Nahrungsaufnahme. Ich wollte sterben. Sie setzten eine neue Nadel. Ich hatte keinen Hunger mehr. Keinen Durst. Ich versuchte, meine Zunge zu verschlucken und erbrach eine saure Flüssigkeit. Krankenschwestern kamen vorbei, überwachten mich. Sie waren nett.

»Ist meine Tochter?«

»Wir wissen nichts, Monsieur. Wir wissen nicht einmal, ob sie hier ist.«

Später, viel später, kam jemand, mit einem Lächeln.

60

Ich bin allein hier. Ich bin allein gekommen.

Nach mehr als drei Jahren unter Aufsicht der Ärzte, gesteuert von der Medizin, hatte ich schließlich die Journalistin mit dem Namen eines großen englischen Marineadmirals und eines Albums von Gainsbourg wiedergefunden.

Sie erinnerte sich nicht an mich. »Ich verstehe Sie nicht«, sagte sie. »Mir ist nicht klar, was Sie suchen. Außerdem bin ich verheiratet.« Ich erzählte ihr von ihrer Traurigkeit, ihrer unendlichen Schönheit. Von einer blauen Lagune. Einem Cocktail, der den Namen eines Films trug, mit einem Stück Orangenschale auf dem Rand des Glases. Ich sprach davon, sie zum Lachen zu bringen. Ich sprach von einem Leben, ich sprach von ihr. Meinem unglaublichen Rettungsring, der mich vor dem Versinken bewahrt, mich an der Oberfläche des Unglücks, am Leben gehalten hatte, in den vielen Monaten der Leere, im Äther, umgeben vom Lärm der Eisenbetten. Der Stille der Welt. Drei Jahre ans Bett gefesselt, Chemie. Sie sagte nichts. Legte für immer auf. Es müssen zwei Verletzte, zwei Umherirrende sein, damit man sich begegnen kann, sonst erdrückt der eine den anderen, erledigt ihn am Ende. Ich hielt noch lange den Hörer ans Ohr. Eine kleine Plastikpistole. Meine letzte Illusion war zerronnen.

Das Haus wurde verkauft. Nathalie bekam mehr als die Hälfte, der Rest führte mich hierher.

Hierher, wo ich geträumt habe, dass unsere Leben neu geboren würden. Wo ich von großen und tragischen Liebesgeschichten träume. Kurz und unendlich zugleich. Ganz in der Nähe wurde der Film *Die Nacht des Leguan* gedreht.

Hier spürt man die Feuchtigkeit der Körper, das Brennen des Verlangens. Die Sünden. Den Wahnsinn. Den Ozean, der die Menschen verschlingt.

Hier gibt es siebenundzwanzig *palafitos.* Jeder trägt den Namen eines Loses der mexikanischen Lotterie. Ich wohne im *El valiente.* Der Tapfere. Der Zufall ist manchmal bitter. Heute schlafe ich zum letzten Mal in diesem unglaublichen Zimmer, dieser Hütte, die wie eine Schwimmwanze zwischen Wasser und Himmel tanzt. Gestern früh fehlte eine der sechs Putzfrauen in dem Kleinlaster, der sie jeden Tag aus El Tuito herbringt, einem Dorf am Rande des Parks. Das Schweigen der fünf anderen offenbarte ein Unglück. Nachts schleichen die Tiger umher. Ich weiß nicht, was in mich gefahren ist. Ich habe darum gebeten, für sie einzuspringen. Ihre Arbeit zu machen. »Bitte! Ich bin der Sohn einer Putzfrau, ich weiß, was das bedeutet. Ich habe keine Angst, mir die Finger schmutzig zu machen. Sie sind stark und fest, wie die meiner Mutter. Ich kann nicht mehr siebentausendsiebenhundertfünfzig Pesos am Tag bezahlen.« »Diese Arbeit bringt sechzig Pesos am Tag, mein Herr, wenn Sie ein Jahr hier arbeiten, könnten Sie gerade mal zwei Nächte hier schlafen, das ist Ihnen wohl nicht klar.« »Natürlich ist mir das klar. Ich will hier arbeiten und sechzig Pesos am Tag verdienen.« *El loco. El loco.* Gestern bin ich *der Verrückte* geworden. Mein Schweigen seit meiner Ankunft sprach für mich. Meine Zurückhaltung erweckte den Eindruck der Harmlosigkeit. Meine vagen Worte lösten beim Hotelpersonal höfliches Mitgefühl aus. Später werde ich von meinen Arbeitskollegen erfahren, dass man mir einen großen, riesigen, unheilbaren Liebeskummer angedichtet hatte – was ja nicht ganz falsch war. Dass ich so nah am Ozean lief, weil ich wollte, dass er mich verschlingt. Wie der *suicida*, der *Unter dem Vulkan* geschrieben hatte. Dass ich vielleicht gekommen war, um ein Buch zu schreiben. Aus dem *sangre* Wörter zu machen. Wie man Liebe macht. Man sagte, der Zauber des *Desconocido* habe mich gerettet. Ich wurde Putzmann. In El Tuito mietete ich für zehn Pesos am Tag ein winziges Zimmer.

Wir fahren jeden Morgen ganz früh los, sieben Tage pro Woche. Fünfzig Minuten in einem unbequemen Lieferwagen. Sandstraßen. Eine lange, lange Staubwolke. Manchmal versuche ich, sie zu ergreifen, sie festzuhalten. Die Frauen lachen. Und zwischen den Gittern, die ihre Finger vor den Mündern bilden, entschlüpfen die Worte. *¡El loco! ¡El loco!* Ich lache mit ihnen, und von Tag zu Tag wird mein Lachen leichter, wird beinahe fröhlich, vom Kummer der Vergangenheit befreit.

Mit diesem Lachen werde ich sie eines Tages berühren.

X 100

»Warum haben Sie nie nach Ihrer Mutter gesucht?«

Er lässt mich rauchen, obwohl ein Aufkleber es untersagt. Ich atme lange den Rauch ein, bis er mir die Lippen und die Zunge verbrennt. Dann spucke ich ihn wieder aus, eine Weile hängt er vor meinem Gesicht, verbirgt es wie der Apfel das Gesicht auf dem Gemälde *Der Sohn des Mannes* von Magritte.

»Ich wartete darauf, dass sie zurückkommt. Ich dachte, dass ein Kind wichtig genug ist, damit man irgendwann zurückkommt. Anscheinend nicht. Ich habe mich ständig gefragt, warum sie meine Schwester und mich nicht mitgenommen hat. Warum sie uns einfach bei unserem Vater gelassen hat. Einmal wollten wir hinfahren, als wir klein waren. Der Zug war sehr teuer, Hunderte von Francs, wir hatten kein Geld. Ich hatte Anna versprochen, dass ich welches auftreiben würde. Es stehlen, wenn es sein muss. Aber ich habe mich nie getraut. Ich weiß nicht warum. Vielleicht aus Angst, erwischt zu werden, bestraft zu werden. Nein, das ist es eigentlich nicht. Es war eine andere Angst. Die Angst festzustellen, dass sie ohne uns leben konnte. Ohne uns glücklich und lebendig sein konnte. Zu sehen, dass sie nicht litt ohne uns, dass sie uns nicht brauchte. Wie Frösche, die ihre Kaulquappen, ohne zu zögern, in einer Ecke des Teiches zurücklassen. Oder die Meeresschildkröten, die ihre Eier im Sand vergraben, ihre Babys sind sich selbst überlassen, müssen das Wasser allein finden, allein überleben. Vielleicht gehörte sie zu dieser Gattung, eine Meeresschildkröte. Und genau das wollte ich nicht wissen. Nicht sehen. Andere in ihren Armen. Ich habe mich nie getraut, meinen Vater zu fragen, ob sie noch mehr Kinder hatte, eine neue Familie mit einem lebendigen kleinen Mädchen. Ob ich einen Bruder hatte. Sie ging, weil Anne gegangen war. Sie überließ uns unserem Vater. Ich denke, Anna und ich sind mehr mit ihrer Abwesenheit als mit seiner Anwesenheit groß geworden. Erst, als die Nachbarin meiner Mutter mir die gleiche Frage stellte wie Sie - warum haben Sie sie nicht gesucht -, habe ich es begriffen. Ich habe sie nicht gesucht, weil sie mich nicht liebte. Einmal habe ich sie gefragt, ob sie mich liebt, und sie hat geantwortet: ›Sicher.‹ Das sollte kein Kind je hören müssen. Das hat mich umgebracht. Ich meine, das hat angefangen, mich umzubringen.«

Ich greife nach der nächsten Zigarette. Er sieht mich an. Sanfter Blick. Wohlwollendes Lächeln.

»Auch das hat angefangen, Sie umzubringen«, sagte er.

»Vor zehn Jahren, als ich sie zum letzten Mal gesehen habe, hustete sie viel. Ich erzählte ihr, was aus uns geworden war, aber sie schlief ein. Ich habe sie angeschaut und mir gedacht, das ist der Moment. Ich sollte sie in die Arme schließen und nach Hause zurückbringen. Aber wir hatten kein Zuhause mehr. Die Frau meines Vaters hatte den ganzen Platz eingenommen. Ich war dabei, mich von Nathalie zu trennen. Anna und Thomas lebten in einer Einzimmerwohnung. Wir hatten kein Zuhause, weil wir keine Mutter mehr hatten, denke ich. Als sie wegging, am Tag der Beerdigung, hat sie die bloße Vorstellung einer Familie, eines Zuhauses mitgenommen. Die Lust, Zeichnungen an die Kühlschranktür zu kleben. Sie hinterließ Leere. Kälte. Den Kopf meines Vaters auf seinem Teller. Meine Schwester und mich auf der Treppe. Also habe ich sie an dem Tag nicht in die Arme geschlossen. Auch nicht mitgenommen. Ich habe sie zwischen ihren Aschenbechern, Bierdosen und Büchern zurückgelassen. Und nie wiedergesehen. Wissen Sie, ob meine Tochter?«

XVI

Die Azteken gaben dem Dorf im XVI. Jahrhundert den Namen *El Tuito*. Es gibt zwei Übersetzungen. Tal der Götter. Oder Ort der Schönheit.

Gelbe und rötliche Häuser, aus Lehm und Ton. Rote Dachziegel. Palmen. Ein quadratischer Platz, Kolonnaden und auf dem Platz ein riesiger Baum, den die Dorfbewohner »Maria« getauft haben. Die Viehzüchter und Landwirte arbeiten für die benachbarten Hotels, darunter das *Desconocido*. Jeden Tag liefern Kleinlaster oder Pick-ups Mangos, Orangen, Zitronen, Guaven. Die Viehzüchter bringen ihr Fleisch. Aber hier isst man lieber Fisch. Blauer Marlin, Gelber Thunfisch, Roter Schnapper, Schwertfisch. Ich lebe seit zwei Monaten hier.

Im Morgengrauen fahren wir nach Cruz de Loreto und beginnen unseren Dienst im *Desconocido*. Zuerst reinigen wir die Holzpfähle. Manchmal ölen wir sie ein. Dann den riesigen *palafito*, in dem sich die Bar, das Restaurant und der gigantische Billardtisch befinden, und dann die kleinen, an denen die Gäste die blaue Fahne gehisst haben, das Zeichen, dass wir saubermachen sollen. Rot ist für das Frühstück. Und Weiß bedeutet, dass sie etwas brauchen. In den Zimmern gibt es kein Telefon. Weder Strom noch warmes Wasser. Es ist ein Ökohotel, das die Ressourcen des Naturparks nutzt. Das Trinkwasser kommt aus einem Grundwasserleiter.

Solarkollektoren sorgen für Warmwasser und Strom in der Küche. Am Anfang hat mich das verwirrt. Aber ein Leben, das vom Tageslicht und von der Farbe des Himmels bestimmt wird, ist das reinste Glück. Wenn man mitten im Nirgendwo bei Kerzenlicht und dem trügerisch friedlichen Rauschen des Ozeans den Abend verbringt. Ich mache gern sauber. Sie haben mir beigebracht, wie man Flecke von Wachs, Lippenstift, Blut (kaltes Wasser) entfernt. Wie man den Holzfußboden fegt, um die Sandkörner aus den Ritzen zu holen. Ich bin für fünf *palafitos* verantwortlich. Ich schätze die Menschen, die darin wohnen. Aber wenn sie abreisen, dann muss alles von ihnen, jedes Haar, der geringste Duft, verschwinden, damit die Nächsten sich fühlen, als wären sie die Ersten. Sich fühlen wie im Paradies. Am späten Nachmittag, wenn die Betten für den Abend aufgeschlagen, die Wasserbehälter gefüllt sind und die Blumen auf den Nachtschränken stehen, fahren wir los. Manchmal bleibe ich noch etwas, laufe am Ozean entlang und fahre mit dem letzten Lieferwagen zurück. Dann gehe ich in mein winziges Zimmer. Es ist wie eine Zelle. Die Besitzerin macht mir für zwei Pesos Tacos oder Tostadas; für vier serviert sie mir dazu ein Glas *raicilla*, gegorenen Agavensaft, der im Bauch brennt und mir hilft, schnell einzuschlafen.

Inzwischen habe ich keine Albträume mehr. Ich wache nicht mehr weinend auf und brauche keine Tabletten mehr. Ich habe vierzig Jahre Schweigen hinter mir. Ich putze in einem Hotel an der Westküste Mexikos. Meine Freunde fahren Lieferwagen voller Obst und lehren mich, Wäsche zu waschen. Abends lachen wir zusammen im Schatten von Maria, dem Riesenbaum. Und wenn sie mich auffordern, ihnen von meinem früheren Leben zu erzählen, erzähle ich zum zehnten Mal, dass ich auf der Flucht vor einer Frau bin, einer *exaltada*, einer *hambrienta d'amore*, und sie lachen noch mehr, ich stimme unbeschwert ein und glaube, endlich Frieden gefunden zu haben.

VIELLEICHT 3

Ich blieb lange ohne Nachricht von ihr. Ich wusste nicht, ob sie noch lebte, ob ich der Mörder meiner Tochter war. Das war das Schrecklichste. Nicht zu wissen. Man antwortete nicht auf meine Fragen. Man sprach nicht mit mir. Ich schwebte in einer Leere. Ich versuchte, mich unter der Dusche zu ertränken. Auf der Toilette an meiner Scheiße zu ersticken. Die Haut über meinem Puls mit den Zähnen zu zerreißen, um die Adern freizulegen und zu öffnen. Das Gift herausquellen zu lassen. Zähflüssig. Endgültig. Jedes Mal wurde ich gerettet. Sie wollten mich lebendig. Sie wollten verstehen, den Horror obduzieren, erklären. Ich erinnerte mich an die Fotos. Joséphine drückt einen Kuss auf den dicken Bauch ihrer Mutter. Joséphine zeichnet, malt, bastelt tausend Willkommensgeschenke für ihren kleinen Bruder. Meine Tochter ist schön. Anna wollte mich besuchen. Das wurde abgelehnt. Die anderen wollten mich nicht sehen. Weder Nathalie. Noch FFF. Noch die Frau meines Vaters.

Ich war ein Monster. Der charmante, höfliche, lächelnde Nachbar. Ein Mann ohne Probleme. Nie ein falsches Wort. Kein einziger scheeler Blick. Er hat immer seinen Müll getrennt. Hat nicht mal eine Zigarettenkippe auf dem Boden ausgetreten. Immerhin. Seine Frau hat ihn verlassen. Er wurde gefeuert, ich glaube wegen Bestechlichkeit. Sein Vater ist behindert oder so was. Und seine Mutter! Sie starb unter entsetzlichen Umständen. Er hat sie im Stich gelassen.

Ich war ein Vater, der seinem kleinen Mädchen Furchtbares angetan hatte und im Begriff war, es auch seinem kleinen Jungen anzutun. Aber meine Hand hatte gezittert.

Ich wollte, dass unsere Feigheit aufhörte, dass mein Erbe mit mir endete. Aber meine Hand hatte gezittert, und ein Teil des Gesichtes meiner kleinen Tochter war durch die Kugel zerstört worden.

Kein Gewissenloser sollte ihnen je Böses antun, ihre Leben zerstören können. Aber meine Hand hatte gezittert, selbst dabei hatte ich versagt.

Feingefühl. Das Ende der Dinge.

Ich hatte bei unserem Abschied versagt.

Und eines Tages, ein Jahr später, eine Ewigkeit später: »Ihre Tochter lebt. Joséphine lebt.« Ich weinte. »Kann ich sie sehen? Ich bitte Sie!« Ich bettelte. »Wie geht es ihr?«

Die Ärzte waren kalt, sachlich. Skalpelle.

»Sie kann noch nicht lächeln. Eine leichte Deformierung des Kiefers wird bleiben. Nach zwei oder drei Hauttransplantationen wird die Narbe praktisch verschwinden. Durch die Reha wird sie wieder richtig sprechen lernen. Man muss sich gedulden, irgendwann wird man nichts mehr sehen. Die Chirurgie vollbringt heute Unglaubliches. Manchmal auch Wunder.«

Aber durch welches Wunder sollte Joséphine eines Tages ein schönes Leben haben?

1/2

»*¡El loco! ¡El loco!*« Ich drehte mich um. Ein Bengel von vielleicht zehn Jahren. Ich dachte sofort an Léon. In meiner Erinnerung war Léon größer, genau so schlank, aber etwas jünger.

Als ich ihn zum letzten Mal gesehen habe, in jener Nacht vor beinahe fünf Jahren, war er acht Jahre alt. Er ging ohne einen Blick davon, zwischen der Frau meines Vaters und einer anderen, mit beschmiertem Schlafanzug, erbärmlich, verstört. Er besuchte mich nicht im Krankenhaus, als man ein Jahr später befunden hatte, dass ich nicht gefährlich sei. Nach meiner Entlassung wollte er nicht, dass ich ihn besuche, da war er knapp zwölf. Ich hatte ihm einen Brief geschrieben, wusste aber nicht, ob er ihn gelesen hatte, ob Nathalie ihn ihm gegeben hatte. »Das braucht Zeit«, sagte man mir. »Die Wiederannäherung wird langsam, schwierig. Eher unwahrscheinlich. Klammern Sie sich nicht daran. Suchen Sie einen anderen Weg. Gehen Sie weiter, wenn Sie stillstehen, fallen Sie.«

Der Junge hatte einen Fußball unter dem Arm. Einen alten, geflickten Lederball, der sicher schon mehrmals geplatzt war. Er war mir bereits aufgefallen; immer einsam, in einem zu großen T-Shirt, dribbelte er zwischen den Kolonnaden des Platzes und versuchte, die Palmenstämme zu treffen. Er war rührend ungeschickt, entwaffnend hartnäckig.

»*¡El loco! ¡El loco!*« Er sah mich mit seinen sehr schwarzen Augen an und lächelte, die letzten Milchzähne und bleibende Zähne. Er war allein, wie immer. Er bat mich, ein paar Elfmeter zu schießen. Er wollte Torwart sein, aber in der Dorfmannschaft wollte man ihn nicht. »Sie nennen mich *el colador*, das Sieb.« Da dachte ich, dass ein Verrückter und ein Sieb wie füreinander geschaffen seien, und willigte ein. Er hüpfte vor Freude, Léon hatte auch so einen Sprung gemacht, als wir zum ersten Mal seinen besten Kumpel eingeladen hatten, bei uns zu übernachten. Ich folgte dem kleinen Torwart ein paar Straßen weiter in eine Sackgasse. Auf die Lehmwand war ein Tor gemalt. Daneben ein paar Männerwörter. Roh und borstig. »Es ist ganz einfach. Von hier aus schießt du. Und ich steh da, ich bin Jorge Campos.« Beim ersten Schuss hätte ich mir fast die Zehen gebrochen. Er hielt den Ball nicht. Allerdings war er auch drei Meter über die Latte geflogen. Beim zweiten Mal schoss ich behutsamer, fast sanft, ein zentrierter Schuss, wie man sagt. Er hielt ihn. Der dritte war hinterhältiger. In die obere Ecke. *El colador* machte einen Sprung, ließ den Ball jedoch gegen die Wand hinter sich prallen. Er fiel hin, stand wieder auf und rieb sich den Ellbogen, verzog kurz das Gesicht, wie ein Mann.

Der vierte, fünfte, zwanzigste Schuss war schmerzhaft für meinen Fuß und für die Ehre des Torwarts. Dorfbewohner kamen herbei. Sie riefen »ah« und »oh«, sie klatschten, lachten. Ein Gemüsebauer bot sich an, mich abzulösen. Jorge Campos hielt zwei schöne Bälle. Ich war im Begriff, den letzten zu schießen, als eine Frauenstimme den Jungen rief. »Arginaldo!« Er rannte los. »Das ist meine Schwester«, sagte er, als er an mir vorbeilief, »ich muss nach Hause.« Ich drehte mich um. Seine Schwester war viel älter als er. Sie hatte einen sehr schwarzen, sehr tiefen Blick. Arginaldo kam nochmal zu mir zurück. Eine halbe Sekunde.

»Danke, *el loco.*«

873

Der wilde, faszinierende Pazifik, die Schönheit des Ortes, Tausende Vögel, die milde Luft, ein Leben unbehelligt von Telefon, Fax und Internet, von elektrischem Strom und den schlechten Nachrichten der Welt - all das erklärt, weshalb das *Desconocido* immer ausgebucht ist. Die Gäste geben sich die Klinke in die Hand. Sie kommen aus Delhi, aus San Francisco, Hamburg, Birkirkara, Moskau und Kapstadt. Sie kommen erschöpft an und reisen glücklich ab. Manche Paare verlassen ihren *palafito* nicht. Andere machen Tagesmärsche am Ozean entlang. Sie kommen abends mit roten Wangen und trockener, salziger Haut zurück. Manche haben Vögel beobachtet. Einer hat einen Schwefeltyrannen, eine Aztekenmöwe und große Silberreiher erkannt. Andere hatten das Glück, die Geburt von kleinen Meeresschildkröten zu erleben, und haben ihnen geholfen, ins warme Wasser des Ozeans zu gelangen. Sie haben sie gerettet. Davon erzählen sie am Abend mit Begeisterung, ihre Augen glänzen im Kerzenschein.

Vor ein paar Monaten war ich einer von ihnen. Ich hörte abends zu, wie ein norwegisches Paar von seiner Leidenschaft für Thoreau erzählte, und wir diskutierten bis spät in die Nacht. Wie kleine, etwas zurückgebliebene, angenehm beschwipste Studenten. Idealismus. Feigheit. Natur. Industrialisierung. Sinnlosigkeit. Ich erzählte vom Pferdefleisch in der Rinderlasagne in Frankreich. Vom Kot in Keksen von Ikea. Sie glaubten mir nicht. Wir bestellten noch mehr Champagner. Die Flammen der Kerzen ließen die Blasen tanzen und unsere Augen blinzeln. Ein Licht von Georges de La Tour. Und draußen die Finsternis, einen Meter von uns entfernt. Die Bedrohung.

Wir fühlten uns wie am Ende vom Ende der Welt. Da, wo alles aufhört. Wo man entdeckt, dass die Erde nicht rund ist. Dass dort, ein paar Meilen weiter, der Ozean abstürzt, wie ein Wasserfall, dass seine Fluten im Weltraum entschwinden, wo jeder Tropfen zu einem winzigen Stern wird. Wir sind so klein, schon vorbei. Léon hat mich nie gefragt, warum die Erde rund ist. Warum fallen die Menschen am Südpol nicht runter, Papa?

Inzwischen hat man mir vorgeschlagen, zusätzlich zu meinen Putzstunden abends im Hotel zu arbeiten. An den Abenden verdiene ich noch einmal sechzig Pesos. In dreihundertachtzig Nächten kann ich mir einen gebrauchten Käfer kaufen. Wenn die letzten Kunden schlafen gehen, räume ich die Tische ab. Mache den Abwasch. Lache mit Pascual. Er erzählt, dass er tausend Frauen hatte. Genau achthundertdreiundsiebzig. Noch nie eine Pariserin. Aber das tut ihm nicht leid. Man hat ihm erzählt, dass sie im Bett nicht *golosa* sind. Und genau das mag er an der Liebe und im Bett so sehr: die Naschhaftigkeit. Ich decke die Tische für das Frühstück. Und wenn die Arbeit erledigt ist, schlafe ich dort, draußen, auf dem Sand, an dem riesigen, fischreichen Teich; ein paar milde Stunden. Das Rauschen des Ozeans wiegt mich. Es ist warm und heiser, wie der Atem eines Vaters. Diesmal eines kräftigen Vaters.

11, 5-13

»Genau. Ihr Vater.«

»Über ihn zu sprechen, fällt mir schwer. Er liegt im Sterben. Krebs. Dickdarm, Leber. Letztens hatte er außerdem Flecke auf der Lunge. Es ist unheilbar. Aber er will es nicht wahrhaben. Vielleicht, um seine Frau zu schonen, aber vor allem, um nicht kämpfen zu müssen. Ich glaube, ich bin darüber nicht traurig. Traurig war ich bei meiner Mutter. Als sie starb, war ich verzweifelt. Ein grausamer Tod. Das war im Jahr von Léons Geburt. Als Nathalie mich abermals betrog. Plötzlich war ich von allen verlassen. Ich ekelte mich vor mir. Nicht nur im Geist, auch körperlich. Ich hatte das Gefühl zu stinken. Ich war Scheiße. Man verließ mich. Alle verließen mich. Und Léon brauchte mich noch nicht, brauchte noch keinen Vater. Seine Mutter setzte ihn den Gerüchen des anderen aus, seinem schäbigen Parfüm, seinem Fickgestank. Ich versuchte, nicht eifersüchtig zu sein. Das ist das Gute an der Feigheit: Die anderen machen dich fertig, aber du beklagst dich nicht. So habe ich meinen Vater immer gesehen. Sie wollten ja, dass ich von meinem Vater erzähle.« Er steht auf, macht das Fenster wegen meiner Zigaretten weiter auf. Aber er beschwert sich nicht. »Ich weiß noch, dass ich meinen Vater schön fand, wenn er den Kundinnen versicherte, er werde eine Lösung finden. Meine

Schwester und ich beobachteten ihn durch das Schaufenster von Lapchin. Wir waren stolz. In diesen Momenten waren wir unfassbar glücklich. Warum sind Glück und Regenbogen nicht für die Dauer geschaffen? ›Wir finden eine Lösung, Madame Michel, eine Lösung nur für Sie, Madame Doré.‹ Und sie sahen ihn an, als wäre er Jesus: *Bittet, so wird euch gegeben.*«* Er machte sie glücklich, er rettete sie. Dafür wurde er geliebt. Warum hat er uns denn nicht gerettet? Warum hatte er nur Lösungen für die anderen? Warum ließ er unsere Mutter fortgehen?« Ich stöhne wütend.

»Entschuldigen Sie.« Ich drücke meine Zigarette aus. »Was für eine Scheiße, dieses Erbe. Genau das nehme ich ihm übel. Nicht, dass er uns nicht genug geliebt hat, um uns zu retten – wie seine verdammten Kundinnen –, sondern dass er mich so gemacht hat, wie er selber ist. Ein Wicht, ein kleiner Feigling. Dass er mich nicht geschubst, mir nicht ins Ohr gebrüllt hat: ›Werd bloß nicht so wie ich, Antoine! Hörst du! Niemals! Du darfst mir nicht ähneln, lauf vor mir weg!‹ Meine Mutter hatte es mir ja gesagt, aber ich habe es nicht verstanden. So etwas muss einem ein Vater sagen. Einmal, als er gerade einparken wollte, nahm ihm einer den Platz weg. ›Hau ihm in die Fresse, Papa! Hau ihm in die Fresse, lass dir das nicht bieten.‹ Er sagte nichts. Legte den ersten Gang ein. Fuhr wieder los und setzte mich zu Hause ab. Immer noch, ohne ein Wort zu verlieren. Damals schwor ich mir, dass mir das nicht passieren würde, wenn ich groß wäre. Und dann ist mir genau das passiert. Diese Krankheit hat er mir vererbt. Mit dieser Scham bin ich aufgewachsen. Der schlimmsten: der Scham über sich selbst. Ich weiß, dass er mich besuchen will. Aber im Moment möchte ich das nicht. Ich bin nicht bereit. Das Böse, das ich getan habe, ist das Böse, das er getan hat.«

* Evangelium nach Lukas, 11, 5-13.

71

Wenn ich abends nach El Tuito zurückkam, traf ich mich mit Arginaldo zum Training. »Jorge Campos war klein, aber er war der größte Torhüter aller Zeiten«, sagte er mir, um sich Mut zu machen. Ich trat den Ball so hart, dass ich mir fast das Fußgelenk verrenkte, und jeden Abend sprang *el colador* höher, flog weiter, tauchte schneller wieder ab, tobte lauter, schimpfte wilder, beklatschte sich manchmal selbst. Binnen drei Monaten gingen nur noch einundsiebzig statt vierundneunzig von hundert Schüssen ins Tor. »Ein sehr ermutigendes Ergebnis«, versicherte ich ihm. »Und vergiss nicht, ich schieße auch immer besser.«

Nach fünfundsechzig Toren schenkte er mir ein Paar Nikes. Er setzte sich nach unserem Training neben mich, als ich noch dabei war, mir die Seele aus dem Leib zu husten, und legte seine kleine Hand auf meine Schulter. »Ich habe ein Geschenk für dich. Meine Schwester hat es bezahlt, aber die Idee ist von mir. Um mich zu bedanken. Hier. Sind fast die gleichen wie die von Kaká.« Dann, leiser, fast flüsternd: »Ich möchte auch gerne solche haben. Irgendwann.«

Ich lachte. Und schluchzte. Ich drückte den Bengel an mich. Und zitterte. Plötzlich wollte ich etwas versprechen. Ein Wiedersehen. Eine Freude. »Ich schenke sie dir, wenn du groß bist, Arginaldo.« »Wenn ich groß bin, bist du nicht mehr hier.« »Warum sagst du das?« »Das sagt meine Schwester. Sie sagt, dass du nicht hierbleibst. Dass du wieder weggehst. Weil es immer so ist.«

Da habe ich die Schuhe genommen, die fast die gleichen wie die Nikes von Kaká waren, und habe sie angezogen. Dann bin ich aufgestanden, bin fünf- oder sechsmal auf der Stelle gehüpft und dann mit Schwung hochgesprungen. Als ich wieder auf dem Boden landete, drangen die Spikes tief in die ockerfarbene Erde.

Vierundzwanzig kleine Wurzeln.

»Arginaldo, ich bleibe hier. Versprochen. Ich bleibe, und du wirst der beste Torwart der Welt.«

75

»Noch einmal zurück zu Ihrem Vater. Sie erzählten, er habe erst kürzlich sein Bedauern ausgedrückt, Sie nicht zu Patricia V. gebracht zu haben, nach … ich muss in meinen Notizen nachschauen, ja, nach Ihrem Abendessen zu zweit im *Café de la Gare*, und dass Sie sich fragten, warum man den Menschen, die einem so lange gefehlt haben, erst dann begegnet, wenn man sie verliert.«

»Ich weiß nicht, was ich Ihnen dazu sagen soll. Er hat bald fünfundsiebzig Jahre auf dem Buckel. Medikamente, die ihn betäuben. Eine Frau, die ständig redet, ohne Luft zu holen. Er erstickt. Er muss große Angst haben. Ich vermute, er taucht in sich ein und sucht nach Inseln. Stränden der Stille. Nach Vergebung. Er weigert sich, aber er weiß, dass er gehen muss. Wahrscheinlich tauchen Erinnerungen wieder auf. Die verrückt spielen. Vielleicht wollte er mir etwas sagen. Dass er sich an jenen Abend erinnerte. Dass er begriff, dass dieses Mädchen mir etwas bedeutet hatte.«

»Vielleicht wollte er ihnen sagen, dass Sie ihm etwas bedeutet haben.«

4×4

Plötzlich bleibt der Pick-up stehen. Mitten auf der Straße, in der Staubwolke. Hinten auf der Ladefläche werden wir gegeneinander geworfen. Wir schreien. Etwas knackt. Ein Mann wird rausgeschleudert. Er steht lachend wieder auf und kippt plötzlich um, als er seinen linken Unterarm sieht, der unterhalb des Ellenbogens einen unnatürlichen rechten Winkel bildet. Die Frauen stürzen herbei. Der Fahrer blutet im Gesicht. Er reckt mit wutverzerrtem Gesicht die Arme gen Himmel. Schaut unter den 4×4. Rechts und links neben die Piste. Nichts. Und ruft: »*¡Espíritu maligno! ¡Espíritu maligno!*« Während der Mann zu sich kommt und die Frauen seinen verbogenen Arm in einem Gestell aus Zweigen fixieren, klettere ich von der Ladefläche. Pascual reibt sich die Schulter, mit der er gegen die Fahrerkabine geprallt ist. Ich gehe um den Pick-up herum. Der Fahrer sitzt jetzt zehn Meter von uns entfernt am Straßenrand. *¡Espíritu maligno!* Der niedersinkende Staub lässt ihn selbst wie einen bösen Geist aussehen.

Ich fühle mich fünf Jahre zurückversetzt. Als mein Verstand zu begreifen suchte, was sich nicht begreifen ließ. Mein Instinkt von damals erwacht. Der Instinkt des perfekten kleinen Gauners, der die eine Schwachstelle finden muss, um nicht zu zahlen. Ich sage, sie sollen die Räder abmontieren.

Ich grinse triumphierend. Ich wusste es! Jemand hat die Kolben und die Hydraulikkammer der vorderen Scheibenbremsen durch chinesische oder koreanische Billigteile ersetzt. Der imitierte Stahl ist geschmolzen, der Kolben hat sich festgefressen und die Bremsbeläge kleben an der Scheibe – das hat den plötzlichen Stillstand des Pick-ups, den rechten Winkel im Unterarm des Mannes, das *Phantasma* des Fahrers und die Schreie der Frauen verursacht.

Ich montiere die vorderen Scheiben ab, stoppe die austretende Flüssigkeit und überprüfe, ob die hinteren Bremsen gut funktionieren. Schließlich montieren wir die zwei dicken Reifen wieder an. Pascual sieht mich mit den Augen eines Kindes an, obwohl er so alt ist wie mein Vater. »*El loco*, du machst mich fertig. Du gehst putzen, dabei hast du goldene Finger.« Wir machen kehrt, fahren langsam zurück nach El Tuito. Zum Gesundheitszentrum. Der Mann stöhnt, er liegt zwischen uns auf dem Blechboden, der ihm den Rücken verbrennt. Eine Frau streichelt ihm wie eine Mutter die Stirn. Eine andere betet.

Pascual ergreift meine Hand. Betrachtet sie wie einen Edelstein. »Du bist ein Doktor der Dinge.«

Diese Hand, die fünf Jahre zuvor auf meine Tochter geschossen hat.

700

»Denken Sie noch an den Tod?«

»Nein.«

»Was wollten Sie in jener Nacht mitnehmen?«

»Den Fluch.«

»Haben Sie nicht an den Kummer derer gedacht, die zurückbleiben würden?«

»Das Bedürfnis nach Frieden war stärker. Ich dachte, dass sie verstehen würden.«

»Was verstehen?«

»Verstehen ist ein Riesenschritt auf den anderen zu. Es ist der Anfang der Vergebung.«

»Wollten Sie Vergebung für das, was Sie vorhatten?«

»Nein. Ich wollte nur, dass sie verstehen, dass ich keinen anderen Ausweg hatte.«

»Sie wollten keine Vergebung?«

»Das war unmöglich. Ich habe von Eltern gelesen, die ihre beiden Kinder getötet und sich danach aufgehängt haben. Sie hinterließen eine Nachricht. *Das ist kein Mord, das ist ein Akt der Liebe.* Wer kann das verstehen? Für solche Leute gibt es keine Vergebung. Das Entsetzen ist stärker.«

»Sie sagen, dass Sie keinen anderen Ausweg hatten.«

»Neben dem, was mich zerfraß, kam mir alles lächerlich vor.«

»Das Raubtier, von dem Sie sprachen?«

»Irgendwann hat es das Kommando übernommen. Man weiß, dass es ein Gemetzel wird, man weiß aber auch, dass danach Schluss ist. Dass man nicht mehr leiden wird.«

»Warum Joséphine und Léon?«

»Ich hatte Angst.«

»Angst?«

»Ich dachte, wenn sie nicht mehr aufwachen, kann ihnen nichts Böses passieren.«

»Wie Ihrer Schwester Anne?«

»Wie meiner Schwester Anne.«

»Haben Sie sich niemals die Frage gestellt, ob Anne nicht das Leben vorgezogen hätte, wenn sie die Wahl gehabt hätte?«

»Solche Fragen führen zu nichts.«

»Das überlassen Sie besser mir.«

»Ich denke, sie liebte ihr Leben. Ich nehme an, sie hätte gerne gelebt, wie Anna.«

»Und Ihre Kinder, glauben Sie nicht, dass sie gern gelebt hätten?«

»Sie litten entsetzlich unter der Trennung.«

»Wie viele Kinder.«

»Léon fing wieder an, ins Bett zu machen. Joséphine schaltete in der Schule ab. Die Lehrer vermuteten ein Aufmerksamkeitsdefizit. Beide gingen zum Psychologen. Man hatte Nathalie eine bessere Stellung in Lyon angeboten. Dort wollte sie mit dem Artdirector zusammenziehen. Siebenhundert Kilometer zwischen uns. Wir würden uns nicht mehr sehen. Uns nicht mehr berühren. Nicht mehr zusammen sein. Dieses Leben hätten sie nicht geliebt.«

»Haben Sie sie danach gefragt?«

»Ich wollte dieses Leben für sie nicht.«

»Haben Sie nicht daran gedacht, nach Lyon zu ziehen, da

Sie hier ohnehin keine Arbeit mehr hatten? Dort ein neues Leben anzufangen. Um in ihrer Nähe zu sein.«

»Ich wollte mein Leben nicht von einer Frau abhängig machen, die mich betrog. Die mich verließ.«

»Ich spreche von Ihren Kindern.«

»Mir fehlte die Kraft.«

»War es nicht eher, weil Ihre Kinder nicht Sie gewählt hatten? Weil sie ihrer Mutter folgten? Weil Sie wieder einmal verlassen wurden. Erst von Ihrer Mutter, dann von Ihrer Frau. Von Ihrem Arbeitgeber vor ein paar Monaten und jetzt gerade von Ihrem Vater. Weil der Schrecken von vorne losging. Sie haben mir gesagt, dass Sie Ihre Mutter in Bagnolet gelassen haben, Verzeihung, dass Sie sie dort nicht besucht haben, weil sie Sie nicht liebte.«

»Liebe ist auch eine Mörderin.«

»Sie meinen fehlende Liebe.«

»Fehlende Liebe.«

»Warum gerade in jener Nacht?«

»Die Woche war sehr schön gewesen. Nathalie war mit ihrem Liebhaber in Leucate, wegen der Fotos für den Herbstkatalog. Die Kinder waren bei mir. Dieser letzte Tag war besonders gelungen. Wir hatten Musik gehört, im Wohnzimmer getanzt. Wir machten Pläne für ein Schwimmbecken im Garten. Aßen Kuchen bei Montois. Da, wo sich meine Eltern zum ersten Mal bei der Hand gehalten hatten, wo die Gewalt begonnen hatte. Ich wollte den Lauf der Dinge ändern. An dem Ort, wo alle Wege in den Abgrund führten. Die Urlüge auslöschen. Nach dem Essen erzählte mir Joséphine, was sie studieren wollte. Was für Dinge sie schaffen wollte. Das war sehr schön. Wir waren unendlich glücklich.«

»Dachten Sie nicht, dass sich dieses Glück mit Ihren Kindern wiederholen könnte?«

»Ich dachte, dass jener Abend ein schönes Ende war.«
»Denken Sie noch an den Tod?«
»Nein.«

17

An einem Sonntag fahren wir zum Strand von Mayto, südlich von Puerto Vallarta. Pascual sitzt am Steuer des Lieferwagens. Mit dabei sind drei Putzfrauen des Hotels, der Ehemann von einer und der Verlobte einer anderen. Sie haben einen riesigen Salat aus Linsen und Kichererbsen gemacht. Auch Guacamole. Die Männer haben ein paar Flaschen Nebbiolo dabei. Und Arginaldo seinen tausendmal geflickten Fußball. Der Strand ist wunderbar. Endlos. Siebzehn Kilometer lang. Am Ende einer kaputten Straße, die die Touristen abschreckt. Ein einziges kleines Hotel, immer halb leer. Und ein Zentrum zum Schutz der Meeresschildkröten, der Mütter, die ihre Kleinen verlassen.

Der Ozean ist hier stürmischer, und die hohen Wellen erfreuen die Verwegenen auf ihren Brettern. Manche fliegen weg, erzählt man sich, und kommen nie wieder runter. Andere werden verschluckt und Wochen später ein paar Kilometer weiter im winzigen Hafen von Tehuamixtle verrenkt und aufgedunsen wieder ausgespuckt. Der Ozean verstümmelt die, die ihn bändigen wollen, und bedroht die anderen.

Während wir zu viert Fußball spielen, sitzt Pascual bei den Frauen. Er bringt sie zum Lachen. Arginaldo tobt herum. Ein wunderbarer Tag.

Nach dem Essen und dem Wein nicken wir ein bisschen

ein. Pascual schnarcht mit dem Kopf auf der Brust der dritten Putzfrau, Dominga, einer Witwe, von der er träumt, dass sie seine achthundertvierundsiebzigste Eroberung wird. Er möchte sie alle glücklich machen, wegen einer Sünde, die er eines Tages an einer von ihnen begangen hat, wie er mir mal erzählt hat. Dominga streicht ihm schwesterlich sanft übers Haar. Die Verlobten haben sich mit roten Köpfen in eine kleine Bucht verzogen. Arginaldo übt Fußballtricks. Brust-Knie-Kopf. Kopf-Fuß-Knie. Ich döse.

Ich sehe mich noch mit Anna, als Kinder, in Bourg-d'Oisans, am See vom Lauvitel, bevor alles geschah.

Bevor ich glaubte, dass nichts Schönes mehr geschehen könnte. Vor diesem entsetzlichen Moment, als ich keine Kraft mehr hatte, als ich mich manchmal auf den Boden legte, ganz gleich wo, um zu weinen, um fortgetragen zu werden.

Dann stehe ich auf.

Ich gehe in den warmen Ozean. Schreite voran in die Farben. In all diese Blautöne. Türkis. Azur. Capri. Maya. Aquamarin. Tiffany. Ich gehe weiter. Das Wasser reicht mir bis zu den Knien. Plötzlich habe ich das Gefühl zu versinken, und ich versinke. Die gewaltige Welle bricht und wirft mich nach hinten, gleichzeitig zieht mich die Brandung in die Tiefe. Winzige Steine zerkratzen meinen Rücken. Ich bin im aufgewühlten Wasser gefangen. Meine Füße lösen sich vom Sand. Mein Körper ist leicht und unkontrollierbar wie ein Federball. Er wirbelt herum. Ich weiß nicht mehr, wo die Wasseroberfläche ist. Auf welcher Seite der Himmel. Einen Moment lang taucht mein Kopf auf, gerade lange genug, um Arginaldos entsetztes Gesicht und seine panischen Bewegungen zu sehen. Seine Schreie höre ich nicht. Wieder werde ich runtergezogen. Geschlagen. Gestoßen. Ich bringe einen Schrei heraus, den der Ozean sofort ertränkt. Ich schlage mit den Händen, den Füßen. Ich bin eine kleine Schildkröte. Ich muss überleben. Ich bewege mich zum Licht. Zur Oberfläche. Ich werde zurückgeworfen. Ausgekotzt. Meine Stirn schlägt gegen die Kante eines Steins. Arginaldo zerrt an meinen Armen, um mich aus dem Wasser zu holen. Seine Kraft reicht nicht. Er brüllt, weint, sabbert. Pascual stürzt herbei. Endlich bin ich auf dem Strand. Der Junge kniet neben mir. Er nimmt mein Gesicht in die Hände, er zittert. »Du hast gesagt, du bleibst da! Du hast gesagt, du bleibst da!« Ich lächele ihn an. Wische seine Tränen weg.

»Ich bin hier, Arginaldo. Ich bleibe bei dir.«

Ich habe gekämpft. Ich habe mich für das Leben entschieden.

3

Als wir nach El Tuito zurückkamen, bestand Arginaldo darauf, dass ich mit zu ihm komme. »Meine Schwester war mal ein bisschen Krankenschwester. Sie wird die Wunde auf deiner Stirn versorgen. Einmal hat sie mein Knie zusammengenäht, und es hat gar nicht wehgetan.«

Matilda setzte mich in die Küche, um mit warmem Wasser den Schorf aufzuweichen, während ihr der kleine Fußballer die Rettungsaktion, meinen Kampf und Sieg gegen den Ozean schilderte. »Du hättest ihn sehen müssen, *el loco* sah aus wie Erik Morales*.« Weil ich alles überstanden hatte, spielte er dann seine Riesensätze auf dem Sand nach. Das Abfangen fern vom Tor. Der Hechtsprung zur Torecke. Die Verteidigungsmanöver. Das Geschirr auf dem Tisch tanzte. Seine Schwester lächelte. Ihr Lächeln war schön. Unsere Blicke kreuzten sich, ohne sich festzuhalten. Sie desinfizierte die Wunde, untersuchte sie. Dann sagte sie endlich etwas: »Drei Stiche, wenn Sie *guapo* bleiben wollen. Wenn Sie *golfo* sein wollen, reicht einer.« Arginaldo lachte sich halb tot. »Besser drei Stiche, *el loco*, sie verabscheut die *golfos*!« *Golfo*, Ganove. *Guapo*, Hübscher.

* Mexikanischer Boxer, Weltmeister im Superbantamgewicht (1997-2000), Federgewicht (2001-2003) und Superfedergewicht (2004).

Ihre Hände zitterten nicht. Ich auch nicht. Weder als die Nadel meine Haut durchstach noch als der Faden sie spannte, nicht mal, als sie mich anschaute, diesmal länger, und verkündete: »Ich bin fertig. Ich bin fertig, und ich möchte Ihnen für alles danken, was Sie für meinen Bruder tun. Dank Ihnen hat er sein Lachen wiedergefunden. Ich würde mich freuen, wenn Sie zum Abendessen bei uns bleiben.« Arginaldo machte wieder den kleinen Hüpfer, so wie Léon früher. Ein kleiner Siegessprung.

Ich nutzte die Zeit, die sie zum Kochen brauchte, um rasch in mein Zimmer zu gehen. Meine salzige, aufgeschürfte Haut abzubrausen. Das T-Shirt gegen ein weißes Hemd auszutauschen - Arginaldo würde mich auslachen: Willst du in die Kirche?

Und als ich losging, um ein Geschenk zu kaufen, als ich zwischen hunderten Dingen wählen musste, raste mein Herz. Dabei war zwischen uns nichts. Keine Anzüglichkeit. Ich war ihr nur zweimal kurz begegnet. Ihr schwarzer, fester und ein wenig geheimnisvoller Blick hatte mich beeindruckt. In ihrem sanften und traurigen Gesicht lag Resignation. Distanz. Eine Schönheit, die sich nicht offenbaren, nicht öffnen wollte.

Hatte auch sie ihre Dämonen?

Als ich dem kleinen Torwart bei der Ankunft einen nagelneuen Ball zuwarf, war er ganz aus dem Häuschen. Fast der gleiche wie Ronaldinhos. Matilda senkte die Augen, und ihr stieg das Blut ins Gesicht, als ich ihr ein sorgsam ausgewähltes geflochtenes Armband aus rosa Perlen und schwarzen Muscheln schenkte. Während ich ihr half, es ums Handgelenk zu binden, zitterten meine Finger. »Sie wären ein schlechter Sanitäter«, sagte sie lachend. Ihr Lachen beruhigte mich. Ich lachte mit. Plötzlich hatte ich das Gefühl, dass etwas von mir abfiel. Eine alte Haut. Ein alter Geruch.

Nach Nathalie hatte ich keine andere Frau gehabt. Nur Abscheu war geblieben.

Während der drei Jahre in Fesseln, festgehalten außerhalb der Welt, hatte ich mich an die überwältigende Traurigkeit der Journalistin geklammert. Ein Rettungsring der Schönheit. Sie hatte mir geholfen, das Weiß, die Kälte, den Stahl, die Gitter, die silbernen Flüssigkeiten in den Röhren zu überleben. Ich hatte daran gedacht, sie hierher zu bringen. Oder woandershin. Drei Jahre lang hatte ich jeden Tag von einem neuen Leben für uns geträumt. Das ihre Traurigkeit und meinen Kummer fernhalten würde. In meinem Fieber hörte ich manchmal Lachsalven. Manchmal berührten sich unsere Körper, streiften ihre Lippen mein Ohr, sprachen Worte von Taumel und Leidenschaft. Aber der andere muss Lust haben, geträumt zu werden, damit die Dinge eine Chance haben zu geschehen. Sie hatte einfach aufgelegt, und ich war nicht traurig gewesen. Ihr Schweigen hatte mich aufgeweckt.

»Sie haben ein schönes Lachen«, sagt Matilda zu mir, »es ist so ansteckend.«

Und mir ist zum Weinen. Alles ist so einfach. So wahr. Einen Moment halte ich ihr Handgelenk fest. Sie zieht es nicht sofort zurück. Sie betrachtet ihr Armband. »Es ist sehr schön. Diese Farben sind hier selten, wissen Sie. Man sieht mehr Rot, Gelb, Orange.«

»Ich.«

Ihr Handgelenk entfliegt, leicht, elegant, um eine Haarsträhne zu ordnen.

»Ich.«

»Ich glaube, wir sollten jetzt essen«, flüstert sie. Ihre schwarzen Augen meiden die meinen. »Wir wollen essen, bitte. Arginaldo!« Sie verzieht ganz kurz und entzückend den Mund. Ein Entzücken, das kaum eine Zehntelsekunde dauert, aber ausreicht, damit ich ihre unfassbare Schönheit entdecke. Dieses Licht, das sie der Welt wohl schon lange vorenthalten hat.

46

Der *pozole blanco* war perfekt. Ein Schweineragout mit *Cacahuazintle*-Mais, einem weißen Mais, dessen Körner sich beim Kochen blütenförmig öffnen und auf dem Teller wie Blumen aussehen. Arginaldo brachte uns zum Lachen, indem er Jared Borgetti nachahmte, der in der Nationalmannschaft sechsundvierzig Tore geschossen hatte. Er rührte uns mit seinen Schulgeschichten. Matilda schob ihre Haarsträhne nicht wieder zurück. Manchmal warf sie einen Blick auf das Armband. Unsere Blicke trafen sich nicht - weil ihr kleiner Bruder dabei war, nehme ich an. Dann erzählte sie Anekdoten von ihrer Arbeit im Gesundheitszentrum. Von dem *mariachi*, der völlig *borracho* war und sich den Geigenbogen ins Auge gestochen hatte. »Es war entsetzlich.« Arginaldo alberte herum. Er ahmte den Betrunkenen nach, mimte einen Zombie. »Es war entsetzlich. Darüber lacht man nicht, Arginaldo, das ist nicht sehr christlich.« Da lachten wir noch mehr. Das Lachen war heiß wie Feuer. Die Flammen stachen uns in die Augen. Dann war es für Arginaldo Zeit, ins Bett zu gehen. Er nahm mich an der Hand und zog mich in sein Zimmer. »Erzähl mir eine Geschichte, *el loco*. Bitte. Meine Schwester erzählt mir immer dieselben.«

Ich saß neben ihm auf dem Bett und erzählte ihm die Geschichten, die ich Joséphine und Léon vorgelesen hatte. Von

Kindern, die Monster und das Unheil besiegten. Die Sterne pflückten. Die Geschichte von dem, der die Sonne zurückgeholt hatte. Die Geschichte von der Frau, die in einen Fuchs verwandelt wurde. Von den sieben verlorenen Brüdern. Von den Abenteuern einer geraden Linie.

Matilda hörte im Dunkeln zu. Mir gefiel dieser sanfte Moment. Wir hatten keine Vergangenheit. Keine Zukunft. Nur die Ruhe eines Moments der Gnade. Der nichts fragte. Nichts erwartete.

Matilda begleitet mich zur Tür. In weniger als vier Stunden wird der Lieferwagen vorbeikommen, um mich zum *Desconocido* zu bringen. Wir machen noch ein paar Schritte in die milde Nacht hinein. Die winzigen Muscheln glänzen an ihrem Handgelenk. Wir schweigen. Ich glaube, wir sind im Gleichschritt gegangen, darüber müssen wir lachen. Zweifaches Lachen, erstickt vom Gewicht der Dunkelheit.

Bereits eine Sprache.

Wir trennen uns am Ende der Straße. Mit dem Grün meiner Augen tauche ich in die Nacht der ihren. Und was gesagt werden musste, ist gesagt.

16.30 UHR

»Dann kam die Jobcenter-Zeit, ein Albtraum. Kafka. Sie begriffen nichts. Hörten nicht zu. Verschanzten sich hinter ihren Schreibtischen, ihren Bildschirmen. Ihrem Stolz, einen Job zu haben, sich für wichtig zu halten. Ihr Gehalt sind unsere Steuern. Ihre Rente ist unser Ruin. Daran denken sie nicht. Keine Anteilnahme, keine Freundlichkeit. Null Takt. Ich habe erlebt, wie einer ein Gespräch unterbrach, weil er Pause hatte. 16.30 Uhr, verdammt, 16.30 Uhr, Zeit fürs Vesperbrot. Menschen weinten über ihr Leben, brachen zusammen, und er ging Kaffee trinken. Kommen Sie morgen wieder, wir öffnen um 8.30 Uhr. Genau dann, wenn man die Kinder in die Schule bringt. Und wenn man später kommt, wartet man vier Stunden. Der Nervenkrieg. Sie boten mir irgendwelchen Schwachsinn an. Autolackierer. Schweißer. Akustiker. ›Wir haben sonst nichts. Die Automobilbranche geht den Bach runter. Wir haben die Leute so lange mit den Autos erpresst, dass sie jetzt lieber laufen. Verkaufen Sie Schuhe oder Fahrräder, machen Sie eine Umschulung. Lassen Sie uns in Ruhe mit Ihrem armseligen Elend. Wir haben jeden Tag tausend Arbeitslose mehr im Land. Also Sie oder ein anderer. Sie können ruhig rumbrüllen. Was sollen wir machen? Wollen Sie meine Stelle, ja? Wollen Sie meinen Job? Na, na! Verschwinden Sie, oder ich rufe den Sicherheitsdienst.‹ Sie machten mich ganz krank. Immer fehlte irgendein Papier in meiner Akte. Zwanzigmal verlangten sie meine Lohnzettel des letzten Jahres. Dann der letzten fünf Jahre. Ein Attest, das ich ihnen schon dreimal geschickt hatte, war dreimal verschwunden. ›Wir haben eine neue Software. Tut uns leid.‹ Am Arsch. Sie wollen dich abschrecken, dich fertigmachen. Ein Arbeitsloser weniger. Die Kurve kehrt sich um. Die Lüge gewinnt. Ich wartete auf die Auszahlung meiner Abfindung. Schon acht Monate ohne Einnahmen. Stellen Sie sich das vor, Nathalie schrie rum, ihr ganzes Gehalt ging drauf, alles ging den Bach runter. Aber es war nicht nur das. Damals hatte sie jemanden in Paris. Sie schlief im Terminus Nord. Ich war allein. Die Babysitterin bei den Kindern. Schlaflose Nächte. Der Wein. Der Krebs meines Vaters. Die fetten Klempner. All diese Demütigungen. In dem Moment bekam ich Lust, die Welt, die ich nicht mehr liebte und die mich nicht mehr liebte, kaltzumachen. Aber nicht mal dazu war ich imstande. Also beschloss ich, dass meine Feigheit, meine Desillusionierung und meine Schwächen - dass all das mit mir aufhören würde. Dass ich nichts davon weitergeben würde. Ich wollte die Quelle austrocknen.«

»War das der Auslöser für Sie?«

»Wenn Ihr Privatleben im Arsch ist, wenn sich Ihre Familie aufgelöst hat und Ihr Sozialleben gleich null ist, wissen Sie, dass Sie in Dunkelheit versinken. Im Unwiderlegbaren. Dem, wo man Sie nicht mehr wiederfindet. Also, ja. Vielleicht war das der Auslöser.«

150 000

El loco verschwand. In weniger als zwei Jahren wurde ich *el mago*. Der Zauberer.

Die Armen, die Unglücklichen, die Verschuldeten brachten Pascual und meinen goldenen Fingern ihre Autos, Pickups und andere Lieferwagen für eine Durchsicht *especial*. Ein paar Tage später entfaltete sich auf geheimnisvolle Weise der Airbag. Auf gerader Strecke, an einer roten Ampel. Oder einfach, wenn man den Zündschlüssel reinsteckte. Manche Autofahrer trugen Verbrennungen an den Unterarmen davon. Manchmal verursachte der Knall leichte Verletzungen am Trommelfell. Versicherungen und Hersteller, die um jeden Preis einen Skandal vermeiden wollten, zahlten ohne Widerspruch.

Eine Frau in Mascota bekam über einhundertfünfzigtausend Pesos: Sie hatte eine Verletzung an der Wange, unter der Brille. Der Gauner hatte das Lager gewechselt. Ich veränderte die Zusammensetzung des Perchlorats, des Gases, mit dem sich die Airbags füllen, und bat so die Hyänen zur Kasse. Ich rächte die sitzengelassenen Schwangeren. Die in Yvette verliebten Grzeskowiaks. Die Winzigen dieser Erde. Ich reinigte mich von all den Kriminellen meines Lebens. Den diebischen Klempnern. Den gaunerischen Taxifahrern. Den geliebten Frauen, die mich betrogen. Einem Vater, der mich meinem Übel überließ, um sich einem anderen, ebenso tödlichen hinzugeben. Dem Teil meiner selbst, von dem man mich nicht geheilt hatte.

Die *víctimas* zahlten Pascual und mir einen kleinen Prozentsatz der Entschädigungen. Trotzdem mache ich weiter im *Desconocido* sauber, das ist meine Verbindung zu den Händen meiner Mutter, den Händen, die mich nicht genug berührt haben.

Ich habe einen Käfer von 1986 gekauft (ohne Airbag), bestens in Schuss, und fahre sonntags mit Matilda auf der *Carretera Federal 200* spazieren. Wir fahren ohne Ziel. Sie lässt den Arm aus dem Fenster hängen. Ihre Finger streicheln den warmen Wind. Manchmal lacht sie, ohne Grund. Und manchmal weint sie.

Dann wird mir kalt.

DAS ERSTE MAL

Anna kam. Wir trafen uns im Besucherraum, im Beisein eines Wärters. Als sie sah, wie blass und mager ich geworden war, als sie meine Augenringe erblickte, wie Blutergüsse nach bösen Fausthieben, bekam sie feuchte Augen. *O Gott, haben mit gemacht?* O mein Gott, was haben sie mit dir gemacht? Ich streichelte ihr Gesicht. Ihre Sanftheit, ihre Wärme drangen in meine Hand ein. Zum ersten Mal seit fast einem Jahr berührte ich ein menschliches Wesen. Die Haut einer Frau. Meine Finger folgten ihren Wangenknochen, glitten nach unten, hielten bei ihrem Mund inne und öffneten ihre Lippen. Sie waren feucht. Anna schloss die Augen und neigte das Gesicht zur Seite. Sie flüsterte ihre Wortfetzen. Sie war schön und verzweifelt in dem Geschenk, das sie mir plötzlich machte. Meine rohe, obszöne Geste, die mich wieder mit dem Leben verband. Meine Finger schoben sich in ihren Mund. Ich begann zu weinen.

Dann erzählte sie von draußen. Unser Vater litt entsetzlich. Er lag fast immer im Bett. Morphium. Erbrechen. Der an der Hüfte befestigte Scheißebeutel. Die Scham. Ernährt wurde er über eine Magensonde. Ständig liefen ihm die Tränen hinunter. Seine Frau massierte ihn, damit er sich nicht wund lag. Kleine, erbärmliche, untröstliche Bewegungen. Letzte Zärtlichkeiten. Er sprach fast nicht mehr, die Worte waren vor dem betäubenden Knall meines Schusses geflohen. In jener Nacht hatte er ohnmächtig und stumm das Grauen seines Enkels angeschaut. Um den anderen zu retten, braucht man Mut und so viel Liebe. Weder Léon noch mir hatte er diese paar Sätze gewährt, durch die man neu geboren wird. Das Zittern um den Mund der Frau meines Vaters hatte jetzt den gesamten Körper erfasst. Sie ähnelte einem Blatt Papier, das vom Wind, von einer letzten Böe fortgetragen wird. Sie sprachen nie mehr über meinen Anfall von Wahnsinn, meine animalische Niedertracht. Schweigen ignoriert die Dinge, bemüht sich, sie verschwinden zu lassen. Anna besuchte sie regelmäßig. Die Zeit verstrich, sie stank. Der elende Tod war mit von der Partie.

Nathalie und die Kinder waren nach Lyon gezogen. Mit dem Tätowierten. Sie waren eine neue Familie. Man grüßte sie im Viertel. Man fand sie schön, trotz der hässlichen Wange. Man wusste nichts von ihnen, nichts von dem Schrecken. Sie wohnten in einer großen Wohnung, nahe dem Park des Tête d'Or. Nathalie hatte einen tollen Posten, einen Dienstwagen. Léon wurde betreut. Seine Albträume wurden seltener, er machte nicht mehr so oft ins Bett. Die erste Hauttransplantation in Joséphines Gesicht war verheißungsvoll verlaufen. Mindestens zwei weitere waren vorgesehen. Die Rehabilitation zeigte Wirkung; es war langwierig, aber die Sprache kehrte zurück. Die Wörter blieben nicht mehr in der Wunde stecken, fielen nicht mehr in den Abgrund, den mein riesiger Kummer verursacht hatte; außer *Papa*, das ganz und gar darin verschwand. Meine Kinder wollten mich nie mehr sehen. Sie hatten beantragt, meinen Namen abzulegen, sich von mir lossagen zu dürfen. Sie hatten die Fotos, die Erinnerungen verbrannt. Sie hatten mich getötet.

Dann, am Ende des Nachmittags, als sie an der Tür stand

und der Wärter gerade aufmachen wollte, war Anna stehengeblieben und hatte sich zu mir umgedreht.

Joséphine pausenlos Frage. Warum er erstes mich. Joséphine stellt pausenlos eine Frage, Antoine. Warum hat er als erstes auf mich geschossen?

1000

Ich weiß noch, wie unser Vater Anna und mich zum ersten Mal ins Ferienlager schickte. Er hatte unsere Koffer gepackt und vergessen, mir eine Hose zum Wechseln mitzugeben.

Am zweiten Morgen schubste mich jemand versehentlich beim Frühstück. Meine Schale mit heißem Kakao kippte um und ergoss sich über meine Hose, hinterließ einen dunklen, schändlichen Fleck. Wie jetzt die Pisse meines Vaters. Die Kinder machten sich über mich lustig. Ihre Worte waren gemein und verletzend. Meine Tränen verstärkten ihre Grausamkeit. Und über Annas verzweifeltes *ihn! ihn!* (Lasst ihn! Lasst ihn!) lachten sie noch mehr.

Ich weiß auch noch, wie mich mein Vater losgeschickt hatte, um Unterhosen für meine Schwester zu kaufen. Selbst traute er sich nicht. Wenn er am Schaufenster eines Wäscheladens vorbeikam, wandte er immer den Blick ab. Besonders bei dem Laden von Madame Christiane in der Rue Alsace-Lorraine.

Auf der Straße nahm er uns nie an der Hand.

Er sprach nie von Anne.

Er legte sich abends nie auf unser Bett, um uns Geschichten zu erzählen. Er dachte sich nie Geschichten aus. Manchmal kaufte er ein Buch, das er uns nie vorlas. Ich erinnere mich an *Hänsel und Gretel*. Ich habe es Anna tausendmal vorgelesen. Die Säure meiner Spucke hatte die Ecken der Seiten angenagt. Aber es war unsere Geschichte, unser Buch. Jedes Mal zog sich meine Schwester die Decke bis zur Nasenspitze. Jedes Mal zitterte sie.

Niemals schaute er weinend die Fotos unserer Mutter an. Abends trank er Bier, bis sein Kopf auf seinem Teller lag.

Er kannte weder die Namen der Bäume, noch die der Blumen oder der Vögel. Nur die der chemischen Formeln. Über Namen, die keine Menschen miteinander verbinden, kann man nicht sprechen.

Er hörte nie Musik. Er hat uns niemals beigebracht, beim Hören von Mahler zu weinen. Er hat uns überhaupt nicht beigebracht zu weinen. Unseren Schmerz auszudrücken.

Unsere Freude.

Unsere Wut.

Nie hat er sich ins Gras gelegt, um den Himmel zu betrachten.

Nie hat er einen Regenwurm gegessen. Nie hat ihn eine Wespe gestochen.

Nie hat er jemandem in die Fresse gehauen.

Nie ist er mit uns durch den Regen gelaufen.

Nie hat er eine Schneeballschlacht mitgemacht.

Nie ist er mit uns ins Schwimmbad gegangen, nie hat er eine Arschbombe gemacht, auch nie gespielt, wer es schafft, am längsten ohne Luft zu holen unter Wasser zu bleiben.

Nie schrieb er uns ins Ferienlager. Später, als Nathalie mich verließ, ist er nie ans Telefon gegangen.

Immer vergaß er das Schulfest.

Nie ist er mit mir hinter einem Fußball hergerannt. Einem Tennisball, einem Tischtennisball.

Hinter einem Traum.

Hinter einer schwebenden Feder.

Immer kaufte er sonntags Negerköpfe bei Montois.

Immer irrte er sich im Datum unserer Geburtstage. Anna schenkte er zweimal das gleiche Geschenk.

Nie schenkte er meinen Kindern etwas. Das machte seine Frau.

Nie erzählte er uns von seinen Eltern. Vom Algerienkrieg. Von seinen Männerängsten. Von seinen Träumen. Von seinem Leben vor uns. Vor alldem.

Einmal ging er mit mir ins Palace, wir sahen den Film *Papillon*, und als ein Sträfling guillotiniert wurde, hielt er mir die Hände vor die Augen. Wir sind nie mehr zusammen ins Kino gegangen.

Nie hat er mir beigebracht, mich zu rasieren.

Nie sprach er mit mir über den Bauch, das Herz, das Geschlecht der Mädchen.

Über die Gewalttätigkeit der Männer.

Nie sagte er mir, dass ich schön sei. Hässlich. Groß. Klein. Dick. Dünn.

Nie hat er eine lustige Geschichte erzählt.

Er dachte, dass das Paradies vielleicht existiert.

Er sagte, er liebe Lieder von Serge Reggiani. Er ging nie in ein Konzert von ihm. Und Serge Reggiani ist tot.

2

Einmal habe ich ihn gebeten, mir das Angeln beizubringen. In Masnières, nur ein paar Kilometer entfernt, gab es Teiche voller Fische. Forellen, Plötzen, Gründlinge. Er seufzte. »In der Stadt gibt es zwei Fischgeschäfte«, sagte er. »Aber Papa«, bettelte ich, »wir gehen mit der Schule in zwei Wochen angeln, ich hab noch nie geangelt, was für eine Schande!«

»Antoine, das ist keine Schande.«

Ich explodierte. Ich schrie. »Die Schande bist du, du!« Ich höre noch, wie meine schwache, zitternde Spatzenstimme von den Küchenwänden zurückgeworfen wurde, *Das bist du! Du!* Ich schrie noch lauter. »Warum bist *du* nicht weggegangen!«

Er schlug die Hände vors Gesicht. Seine Schultern sanken langsam zusammen. Seine Spezialität. Da schämte ich mich entsetzlich für ihn und schwor mir, niemals so ein Vater zu werden.

Ich wurde schlimmer.

10:1

Es war ein besonders harter Schuss. Der Ball zischte durch die Luft. Die Zuschauer verstummten. Der kleine Torwart erstarrte, reagierte eine Viertelsekunde zu spät. Der Ball knallte ihm mit der Wucht einer Kanonenkugel ins Gesicht. Sein zarter Körper fiel nach hinten. Geschrei von allen Seiten. Unter den Gegnern erhoben sich ein paar Freudenrufe, als der Ball und der Körper des Kindes ins Tor flogen. Der Schiedsrichter pfiff sich die Lunge aus dem Leib. Als hätte seine Pfeife die Macht, den Körper aufzufangen, den Sturz zu verhindern.

Helfer rannten herbei. Unter ihnen ein Pfleger vom Gesundheitszentrum. Die Nase war gebrochen, ein Schneidezahn wackelte. Der Junge blieb einige Zeit groggy am Boden. Als man ihn wegtragen wollte, lehnte er ab. Er wollte allein auf die Beine kommen und laufen. Als er stand, streckte er mit blutigem Gesicht beide Arme zu einem großen V nach oben. Alle klatschten.

Das war das 1:1. Dreißig Minuten waren noch zu spielen. Die Verwirrung war groß, denn die Mannschaft hatte keinen Ersatztorwart, und die Spielregeln verlangten, dass das Spiel fortgesetzt werden musste.

In der reduzierten Mannschaft wurde aufgeregt diskutiert. Keiner war bereit, ins Tor zu gehen. »Spielt ohne Torwart«, schlug der Schiedsrichter vor. »Seid *magníficos*. Ich gebe euch noch zwei Minuten, dann geht das Spiel weiter. Ansonsten heißt es *retirarse*. Aufgabe.«

Da verließ ich die Zuschauerbank und ging zu den kleinen Spielern, um ihnen einen Vorschlag zu machen. Sie zuckten mit den Schultern. Grinsten abfällig.

»Nicht der. Nicht *el colador*, das Sieb. Dann verlieren wir 10:1.«

»Und?«, fragte der Schiedsrichter.

»Einverstanden. Aber wenn wir verlieren, kaufen Sie uns neue Schuhe, versprochen?«

»Für alle, versprochen.«

Arginaldo kam aufs Spielfeld, und viele Zuschauer buhten. Das Spiel ging weiter. Matildas schwarze Augen richteten sich auf meine, dann auf meine Lippen. Ihre Finger streiften meine Hand. So sagte sie danke. Ängstlich und erleichtert zugleich.

Auf dem Feld verdoppelte Arginaldos Mannschaft ihre Anstrengungen, um zu verhindern, dass sich die Gegner zu weit dem Tor des *colador* näherten. Die aggressive Taktik erwies sich als erfolgreich. Sechs Minuten vor Abpfiff - Arginaldo hatte immer noch keine Ballberührung gehabt - schossen sie ein zweites Tor. Trotzdem kämpften sie weiter. Aber dann holte sich ein Spieler der anderen Mannschaft, ein Aal, ein neuer Maradona, den Ball, dribbelte wie ein Teufel, flog förmlich zu dem Tor, in dem Arginaldo stand. Jetzt stand nur noch ein einziger Verteidiger zwischen dem Ball und *el colador*. Der Verteidiger stellte dem Angreifer ein Bein. Im Strafraum.

Elfmeter.

2:1

Wir feierten die halbe Nacht. Die Männer tranken viel *raicilla*. Ein heimtückischer Schnaps, der auch den Härtesten umlegt. Wir improvisierten ein Büffet, die einen brachten Salate mit, andere grillten Hähnchen und füllten *fajitas*. Ausgelassene Musiker brachten die Saiten ihrer Gitarren und Geigen zum Klingen. Ihre Lieder durchdrangen die Nacht, die Frauen tanzten, die Körper erhitzten sich. Matilda lachte, ihre schwarzen Augen funkelten. Ein dunkles Feuer. Ein Mann wollte mit ihr die *quebradita* tanzen. Ihr Lachen erlosch, ihr Körper verkrampfte sich, als hätte sie sich verbrannt. Sie lehnte ab. Als sich unsere Blicke kreuzten, senkte sie die Augen. Ich ging zu ihr. Ich traute mich. Endlich. »Keine Sorge, ich kann nicht tanzen.« Sie lachte fröhlich. »Sie tun Arginaldo gut. Sehen Sie nur, wie glücklich er ist.«

Etwa zwanzig Meter weiter drängten sich die kleinen Fußballer um ihn. Sie waren völlig aus dem Häuschen, bejubelten, feierten ihn, während er zum x-ten Mal in dieser Nacht den Sprung wiederholte, mit dem er den Ball gehalten, das Tor gerettet, den Sieg errungen hatte. »Ich habe es so gemacht, wie es mir *el mago* erklärt hat«, sagte er. »Achte auf den Blick, das ist die Richtung des Balls. Er hat nach rechts geschaut, und ich bin nach links gesprungen.«

Nach diesem triumphalen Einsatz hatten sich die Jungs auf

el colador gestürzt, ihn aus seinem Käfig gerissen und wie eine Trophäe durch das Stadion getragen. Der Schiedsrichter hatte das Spiel abgepfiffen. Mehr als drei Jahre nach unseren Trainingsanfängen in einer kleinen Gasse war Arginaldo auf dem besten Weg, der größte Torhüter der Welt zu werden.

In dem Moment, wo ihr Bruder den Ball auffing, hatte Matilda meine Hand zerquetscht. Sie wollte nicht weinen. Das Glück ist ein Rausch, eine Gewalt, die alles wegreißt. Die Scham. Die Ängste. Es kann so schmerzhaft sein, kann ins Wanken bringen, vernichten. Genau wie das Unglück. Aber man spricht es nie aus, weil man Angst hat, dass die Welt dem Glück misstraut. Weil dann alles zusammenbrechen würde. Weil wir dann alle Raubtiere wären, die sich gegenseitig auffräßen.

Später war Arginaldo strahlend und staubig, wie gerädert von der Anspannung, zu uns gekommen und hatte uns umarmt. Seine kleinen Arme hatten uns für einen Moment zu einem einzigen Körper gemacht.

Und ich hatte endlich verstanden, was mir von Anfang an gefehlt hatte.

Der Morgen dämmerte. Erhellte die schattigen Ecken, in denen vom Alkohol und vom Lachen berauschte Männer schliefen. Manche Gesichter waren von der Abwehr der Frauen zerkratzt. Gestrandete Körper auch unter den Arkaden. Zum ersten Mal seit sechzehn Jahren hatten die *niños* von El Tuito die von Las Juntas geschlagen, die gleich nach dem Spiel weinend von dannen gezogen waren. Die acht- bis zwölfjährigen Verlierer würden mit dem Gespenst dieser Niederlage heranwachsen. Bevor der Schütze, der vor dem Elfmeterschuss nach rechts geschaut hatte, in den Bus kletterte, schrie er: »Mein Vater schlägt mich tot, mein Vater schlägt mich tot!« Und Arginaldo hatte ihm seinen Ball geschenkt, mein Geschenk, das ihm Glück gebracht hatte. Ich war so stolz. Wie ein Vater.

Es wurde hell, und genau wie Pascual und Dominga, die ihm noch immer nicht nachgegeben hatte, verpasste ich den Kleinlaster zum *Desconocido*. Ich begleitete Matilda und ihren Bruder nach Hause. Arginaldo nannte mich zum ersten Mal bei meinem Vornamen. Antonio. Matilda bat mich herein. Ich schlief auf dem Sofa, in Federn vergraben. Ertrunken. Selig.

Als ich am Nachmittag wieder auftauchte, saß Matilda vor mir und betrachtete mich.

Und wir hatten keine Angst mehr.

9

Ein paar Wochen später schlugen mir Arginaldo und seine Schwester vor, zu ihnen zu ziehen. »Komm schon, Antonio. Sag ja!« Zum selben Preis (zehn Pesos) wie für mein bisheriges Zimmer boten sie mir ein ebenso winziges an. Aber mit einer Küche gleich nebenan. Einem Wohnzimmer (mit Fernseher) direkt dahinter. Einer Terrasse (genauer gesagt ein Stuhl mit einem kleinen Kissen) vor dem Haus. Mit gemeinsamen Mahlzeiten. Lachen. »Komm schon, Antonio. Sag ja!« Geschichten am Abend. Fußballtraining auf der Straße. »Sie bringen uns Französisch bei, Antonio. Ich Ihnen das Kochen. Im Winter, wenn es kalt wird, machen wir Feuer. Und wenn Sie sich verletzen, kann ich Sie wieder zusammennähen.« Und ich begriff, dass sie mein Herz zusammennähte und zugleich auch ihres und das ihres Bruders. Matilda wollte uns verbinden. Uns vereinen. Stärker machen.

Eines Morgens fragte ich Pascual auf dem Weg zum *Desconocido*, warum Matilda nicht geheiratet hatte. Er blickte zum Himmel und spuckte ein einziges Wort aus: »*Fieras*«.

Die Raubtiere.

»Es ist bald vierzehn Jahre her. Die *niña* machte ihre Ausbildung als Krankenschwester. Manchmal half sie abends im Gesundheitszentrum aus. Zwei Männer kamen mit Kopfverletzungen, die von Flaschenscherben herrührten. Eine Sommerprügelei. Ein Tanz der Säufer. Erst hielt der eine sie fest. Direkt im Behandlungszimmer. Dann der andere. Niemand hörte sie schreien, weil sie nicht geschrien hat. Als es zu Ende war, war sie rot von fremdem Blut. Sie rieb sich den giftigen Speichel von der Haut. Das salzige Sperma. Die klebrigen Worte. Das Fett ihrer Finger. Und ging nach Hause. Sie brach ihre Ausbildung ab, hörte auf, den anderen zu helfen, sie zu retten. Sie ließ ihr Lächeln verschwinden. Sie hatte ein schönes Lachen, Antonio, ein sehr schönes Lachen. Dann kehrte sie eine Weile zu ihrer Familie nach Puerto Vallarta zurück. Als sie mit dem Kleinen zurückkam, hat sie behauptet, er sei ihr Bruder, ihre Mutter sei gestorben. Wir haben ihr geglaubt. Das war's.« »Woher kennst du diese Geschichte, Pascual?« »Ich war dabei in jener Nacht. Aber ich hatte Angst. Ich habe mich versteckt. Verurteile mich nicht, Antonio. Du hast dich auch versteckt. Du hast auch Angst gehabt. Ich habe die Angst in deinen Augen gesehen. Auch wenn du sie tausendmal gewaschen hast, seitdem du hier bist, ich sehe ihre Spuren immer noch. Ich hatte die gleichen Ängste wie du. Seither will ich mich verstecken, mich in den Bäuchen der Frauen vergraben. Ich will sie glücklich machen. Alle. Wegen einer, die ich im Stich gelassen habe. Dein Versteck ist das Schweigen. Aber das Schweigen, Antonio, ist wie die Kugel eines Revolvers. Das verstummt nicht, das hört niemals auf.«

Und dann habe auch ich ihm alles erzählt, von meinen Dämonen, meinen Raubtieren. Und meine Hand begegnete der seinen, berührte die warme, dicke, rissige Haut, die die Frauen verrückt machte. Eine Männerhand, eine Vaterhand. Riesig. Nach und nach kamen die Wörter: die Namen meiner Kinder, die Feigheit meines Vaters, die Flucht meiner Mutter, ihr furchterregender Husten, Annes ewige Nacht, das Dröhnen meiner Schläge gegen die Mauern meiner Kindheit,

Nathalies Lachen, wenn sie im Morgengrauen umgeben von den Gerüchen des anderen nach Hause kam, das Schmatzen der kaffeetrinkenden Angestellten im Jobcenter … Und alle Worte flogen davon, verschwanden wie ein schlechter Wind im Staub und endeten im *Mictlán*, dem Reich des Todes.

Pascual umarmte mich. Ich spürte seinen sauren Atem. Ein gegorener Apfel. »Damit zwei sich finden«, flüsterte er, »müssen beide verletzte, umherirrende, verlorene Seelen sein. Wenn die eine zu stark ist, erdrückt sie die andere und tötet sie am Ende. Ihr beiden, ihr werdet einander retten.«

150 000 (FORTSETZUNG)

Ein neuer Winter ist angebrochen. Schon sieben Jahre seit der Nacht des Raubtiers. Meine Kinder sind ohne mich aufgewachsen, wie ich ohne meine Mutter. Schief. Vielleicht hat Nathalie ihren Tätowierten verlassen. Vielleicht hat er ihr ein Kind gemacht. Vielleicht hat sie andere Männer, ein anderes Baby abgeschüttelt - so wie sie es zu unserer Zeit gemacht hatte.

Von denen, die wir vermissen, bleibt uns nur das Vermissen, das wir von ihnen bewahren. In meiner Erinnerung verschwimmen die Gesichter von Joséphine und Léon, so wie sich das von Anne auflöste. Übrig bleiben nur Bilder, manchmal trügerische, die meiner panischen Angst davor entspringen, ganz und gar verlassen, ganz allein, ohne Erinnerungen zu sein. Zum Beispiel ein Lachen in einem Garten, das es nie gegeben hat, das ich aber immer noch höre. Die rote Farbe eines kleinen blauen Mantels. Einen Lichtstrahl im Blond, ein Tag ohne Sonne. Die Augenfarbe eines Vaters. Diese kleinen impressionistischen Tupfer, die das Album unserer Kümmernisse gestalten.

Einmal war ich kurz davor, meine Schwester zu bitten, mir ein paar Fotos zu schicken. Aktuelle. Dann tat ich es doch nicht.

Hier habe ich nie über sie gesprochen. Außer mit Pascual.

Hier habe ich gelernt, mich langsam von meinen Toten zu lösen. Hier hat mich die Zeit geheilt.

Eines Morgens blieb ein verstaubter, verbeulter Chevrolet Astra vor unserer Werkstatt stehen. Als Pascual die Fahrerin erkannte, befürchtete er sofort Scherereien. Aber das breite Lächeln der Frau, die sich aus dem Auto herausquälte, beruhigte uns schnell. Epifania Florès Alonso kam aus Mescato. Sie hatte eine winzige Narbe über dem linken Wangenknochen zurückbehalten, da, wo der Airbag das Brillenglas zerbrochen hatte. Seit ihr die Versicherung über hundertfünfzigtausend Pesos ausgezahlt hatte, hatte ihr Mann Träume, mit ihrem Geld, aber ohne sie. »Deshalb würde ich gern wissen, ob Sie, Señor Antonio, mit Ihren goldenen Fingern, etwas mit seinem Rasierapparat anstellen könnten, damit er sich beim Rasieren die Kehle durchschneidet, die dicke Halsschlagader, sodass er gründlich ausblutet wie ein *chancho*, ein Schwein. Ich gebe Ihnen Geld dafür.« Da nahm Pascual sie in seine Arme, die schon mit achthundertdreiundsiebzig anderen getanzt hatten – ohne Dominga mitzuzählen, die sich zierte. Er flüsterte ihr Worte ins Ohr, die man eigentlich singt, eine alte *Mariachi*-Ballade von dem Verrückten, der vor Wut seine Schöne mit drei Kugeln getötet hatte, und das Herz der Schönen blutete und weinte, und das Herz fragte sie: *Warum bist du nicht weggelaufen, warum, warum Epifania? Wo Wut ist, gibt es keine Liebe*. Und Epifania Florès Alonso spürte, wie sich ihr Herz wieder belebte, sie wischte die Träne weg, die langsam über die Narbe floss. »Ich habe verstanden, Pascual«, sagte sie schniefend, »du hast mir die Augen geöffnet. *Gracias. Gracias.* Und Sie, Señor Antonio, behalten Sie Ihre schönen Hände für die schönen Dinge.«

3

»Ich möchte mit Ihnen über eine Sache reden, die Sie mir vor mehreren Wochen gesagt haben und die mir sehr wichtig scheint.« Er kramt in seinen Notizen. Ich zünde mir eine Zigarette an. Der erste Zug verursacht immer einen köstlichen kleinen Schwindel. »Ah ja, hier ist es. Sie besuchten Ihren Vater, Sie sahen einen Film zusammen, *Singin' in the Rain*, verbrachten Zeit mit ihm, nahmen gewissermaßen Abschied. Dann waren Sie bei Ihrer Schwester und ihrem Mann, auch zum letzten Mal, bevor Sie auf ihre Kinder schossen und dann auf sich; jedenfalls war das Ihre Absicht. Und als Sie gingen, sagte Anna zu Ihnen: *Wähle den Tag*. Ich möchte Sie bitten, diesen Satz aufzugreifen.«

»Es ist merkwürdig, dass Sie darauf zurückkommen. Diese drei Worte haben mich lange verfolgt. Sie wissen, dass meine Schwester und ich seit dem Tod von Anne eine sehr symbiotische Beziehung hatten. Bis Thomas in unserem Leben auftauchte, war ich der Einzige, der ihre Halbsätze verstand. Wir hielten uns an der Hand, um die Kindheit zu durchqueren, um uns gegenseitig vor Gewalt und der Verlassenheit zu beschützen. Am Ende dachte ich, dass sie mich besser kennt als ich mich selbst. Sie muss das Raubtier gesehen haben. Sie wusste, dass es hervorkommen würde, dass es mich befreien würde, dass es uns alle befreien würde und dass mir kein anderer Ausweg mehr blieb. Ich hatte schon alles verloren. Meine Frau, meine Arbeit, die Achtung meiner Kinder. Ich glaubte, dass sie mir mit diesen Worten - *wähle den Tag* - ihren Segen gab, dass sie mir sagte: Los, los jetzt, wähle ein Datum, tu, was du tun musst, ich verstehe dich, und ich verzeihe dir, du bist mein Bruder, und ich werde dich immer lieben, was du auch tust.«

»Und?«

»Das meinte sie nicht.« Ich bleibe eine ganze Weile stumm. Ich will nicht weinen. Ich atme tief, ganz tief in den Bauch. »Das meinte sie nicht. *Wähle den Tag.* Wähle das Licht, nicht die Finsternis der Raubtiere. Das wollte sie sagen. Wähle etwas anderes. Geh zum Unbekannten. Zum Leben.« Die nächste Zigarette. Meine Hände zittern. »Dahin will ich jetzt gehen, zum Unbekannten.«

85

Wir sind wieder nach Mayto gefahren. Es ist windig. Die Wellen sind hoch und wild. Die Surfer wagen sich nicht hinaus. Der Strand ist fast menschenleer, nur ein paar Jungs, die mit Knüppeln und Hunden spielen. Ich laufe neben Matilda. Am anderen Ende der Welt. Die Jahre haben mein Gesicht ausgehöhlt. Meine Augenlider, meine Stirn mit Falten durchzogen. Die Sonne hat meine Haut geschwärzt. Meine Haare sind weiß geworden. Manchmal, am Abend, streichelt Matilda sie. Sie schaut mich an und lächelt, und das ist alles; das ist auch eine Art, sich zu lieben. Wir haben alle Zeit der Welt. Nichts drängt uns. Ich weiß, dass sie die Letzte sein wird.

Arginaldo dribbelt einen Ball vor uns her. Manchmal wird der Ball von einem Windstoß davongetragen, und der kleine Bursche rennt lachend hinterher, wie Léon den Tauben hinterher rannte, um sie einzufangen. Die gemeinen Viecher ließen ihn immer ganz nah herankommen, und wenn er seine kleinen Arme ausstreckte, flatterten sie davon. Beim zehnten Mal fing mein Sohn an, sie zu hassen, rannte hinter ihnen her, stieß mit den Füßen nach ihnen, dann mit Stöcken, bewarf sie mit Steinchen.

Gerade eben haben sich unsere Finger berührt. Sie haben nicht versucht, sich festzuhalten. Und Matilda hat gelächelt. Dieser seltene Ausdruck, der ihre grenzenlose Schönheit offenbart. Die Dinge fließen wunderbar langsam. Sind nicht ungestüm wie Begegnungen in Anprobekabinen. Sie haben den Reiz der ersten Male. Der letzten.

Seit mehr als sieben Jahren habe ich mit keiner Frau geschlafen, habe ich mich nicht im Geruch einer Frau verloren. Nur einmal, im Krankenhaus, hatten sich meine Finger in den feuchten Mund meiner Schwester verirrt, brutal in seinem Innern gewühlt, ihre Zunge hatte geleckt, ihre Zähne hatten zugebissen. Anna hatte einen Schrei unterdrückt. Mein Finger hatte geblutet. Ich hatte geweint. Meine Lust und meine Schande. Sieben Jahre hat niemand mit mir geschlafen. Mein Körper kommt mir vor wie neu, als hätte er keine Vergangenheit.

Vor über einem Jahr bin ich zu Matilda und Arginaldo gezogen, in das winzige Zimmer für zehn Pesos. Wenn ich im Morgengrauen mit dem albernen Schritt eines *ladrón* wie ein verrückter Reiher aus dem Haus schleiche, um in den Kleinlaster zu steigen, der uns zum *Desconocido* fährt, schlafen sie noch. Wir sehen uns am Nachmittag wieder. Ich hole Arginaldo von der Schule ab und trainiere mit ihm Fußball. Andere Kinder haben sich zu uns gesellt. Er hält jetzt fünfundachtzig Prozent der Schüsse. Seine Schwachpunkte bleiben der Lupfer und die Ecke, weil er so klein ist. Er will schnell wachsen, aber ich habe ihm geraten, sich Zeit zu lassen, ich erinnere ihn immer wieder daran, dass die Kindheit ein Glück ist. Ein Land ohne Krieg. Das möchte ich für ihn glauben, wie ich es für Joséphine und Léon glauben wollte, obwohl ich weiß, dass die Kindheit auch ein riesiges Trümmerfeld sein kann. Wenn du klein bist, sind die Sterne weiter entfernt und die Träume größer. Du musst springen, um einen Apfel vom Baum zu pflücken, ein paar Kirschen runterzureißen. Du erlebst tausend Siege.

Wir sitzen zu dritt am Ozean. Unsere Schultern berühren

sich. Der Wind fährt in unser Haar, Matildas Haare peitschen meine Wangen. Ihr Sohn drückt den Ball an sich wie einen Schatz. Ein schlagendes Herz. Seine Mutter streichelt sein Gesicht. Er lächelt. Er weiß nicht, dass sie seine Mutter ist. Er weiß nichts von dem Aufruhr, er kennt seine Geschichte nicht, die gerade langsam, behutsam fortgeschrieben wird. Für ihn lerne ich die Gesten, die ich früher, bei meinen Kindern nicht gekannt habe. Einen Ball schießen. Mich in den Sand legen, um in den Himmel zu blicken. Eine Hand halten. Die Namen der Früchte lernen. Matilda schaut mich an, ihre schwarzen Augen sind sanft. Unsere Familie entsteht in der Stille. In der Gnade. Endlich in Frieden. Der Wind hat Wolken herbeigeweht. Sie sind grau und schwer. Hängen zwischen Himmel und Wasser. Und Arginaldo dreht sich zu mir um.

»Warum regnet es, Antonio?«

Die Zeit ist vergangen.
Dann ist die Zeit gekommen.

Clémence Boulouque,
Je n'emporte rien du monde.

Dritter Teil

23/02

Ich kann nicht schreien. Sonst würde ich fluchen. Vollidiot! Verrückter! Wahnsinniger! Ich erwache vom Schmerz. Dieser Schmerz ist entsetzlich. Sinnlose Gemeinheit. Zwei Monate ist es her. Der Hund! Das gefällt mir, *Hund*. Ein Hund riecht nicht gut, sogar das Wort stinkt. Es ist echt hart, einen Namen für den Vater zu finden, der mich töten wollte.

18/04

Heute früh habe ich es geschafft, G*u-n ag* zu sagen. Für ein elfjähriges Mädchen schon nicht schlecht. Lol. Geneviève hat geklatscht. Sie kümmert sich im Krankenhaus um meine Reha. Vorher musste ich schon weinen, wenn ich nur nur *u* oder *a* sagte. Sie ist superlieb. Sie bringt mir das Sprechen wieder bei, weil die Wörter nach hinten rutschen, wenn ich sie aussprechen will, sie fallen in die Wunde, wie in einen Spalt. Als ich hier ankam, sagte sie, ein Stück meines Kiefers sei weg. Ich malte einen Spiegel. Sie sagte nein. »Dafür ist es zu früh, Joséphine.« Ich sehe bestimmt entsetzlich aus. Dann schrieb ich »Tötet mich« in mein Heft. Tötet mich! Dahinter mindestens dreißig Ausrufezeichen, damit die Krankenschwestern meine Botschaft auch ja sehen. Ich glaube, sie können nicht lesen.

5/05

Geneviève und ich haben einen Film gesehen. *Schmetterling und Taucherglocke*. Mit Mathieu Amalric in der Hauptrolle. Die wahre Geschichte eines Mannes, der in sich selbst eingeschlossen ist. Er kann gar nichts mehr von seinem Körper bewegen, sich nicht mehr verständigen. Nur noch die Augenlider. Und er schreibt ein ganzes Buch, Buchstabe für Buchstabe, nur, indem er die Lider bewegt. Die Krankenschwester zeigt ihm die Buchstaben. Einmal Blinzeln heißt Ja, zweimal Blinzeln heißt Nein. Da habe ich mir überlegt, dass ich noch Glück hatte. Trotz der Scheiße von dem Hund.

Der Doktor (der, den ich nicht mag) war da. Er hat die Verbände abgenommen, die meinen Monsterkopf verstecken. Eine Schwester hat mein Gesicht besprengt, um die Gaze abzulösen. Er scheint mit der Verpflanzung zufrieden zu sein. Zuerst haben sie Knochenstücke transplantiert. Jetzt Haut. Die haben sie aus meinem Po rausgeschnitten. Ein Stück Schinken auf der Wange. Ich habe in das Heft geschrieben: »Grauenhaft?« Er hat nur blöd gegrinst. »Das wächst gut an, ich bin zufrieden, mit der Zeit wird das schon, am Ende sieht man fast gar nichts mehr«, hat er gesagt. Schade, dass ich nicht lachen kann. Wenn man einem Kind eine Kugel in den Kopf schießt, kann man es auch anlügen.

Das mit dem Schreiben war Genevièves Idee. Sie hat gesagt, dass der Schmerz wie ein Fremdkörper ist. Irgendwann bildet man eine Schale darum, um ihn nicht mehr zu spüren. Aber was man nicht spürt, kann nicht heilen.

Ich habe noch nicht alles aufgeschrieben. Aber keine Sorge. Ich werde die Lücken schon noch ausfüllen.

*

Natürlich hat bei Léon auch irgendwann die Idiotenphase angefangen. Monsieur BN. Bettnässer. Teenie halt. Das habe ich alles verpasst. Aber vorher, im ersten Jahr des Hundes, als ich so lange im Krankenhaus war, kam er jeden Tag nach der Schule. Er hat mich gefüttert, weil meine Hände manchmal gezittert haben. Hat weinend die Suppe weggewischt, die mein Kinn runterfloss. »Hast du dich verbrannt?«, fragte er besorgt. Aber ich spürte nichts. Meine Haut war kalt. Es fühlte sich an, als wäre sie tot, und das war bestimmt auch so. Dann kletterte Léon in mein Bett, setzte sich neben mich, legte meinen Kopf auf seine Schulter und küsste ihn, um meine Haut aufzuwärmen. Wir schämten uns. Von dir sprachen wir nie. Nur einmal hat er gesagt, dass er dich umbringen wird, und über diesen Satz habe ich mich gefreut. Mein kleiner neunjähriger Verbrecher. Er brachte mir Bücher. Las sie mir vor. Ich erinnere mich noch an Wörter, über die er stolperte wie über Steine: *bedrängte, schaukelte, überwältigend, stechend.* Später stellte ich fest, dass er bei Liebeswörtern hängenblieb, bei Wörtern, die wehtun, weil sie einen schwach machen.

Léon erzählte mir von draußen. Vom Haus, von Mama, von der Olive. Er versuchte, schnell groß zu werden. Ein Mörder mit sicherer Hand zu werden. Er wollte sich beim Judo anmelden, wollte lernen, sich zu verteidigen und mich zu beschützen. Manchmal kämmte er meine Haare und war ganz stolz. Einmal bat ich ihn, mir die Augen zu schminken, aber das hat er sich nicht getraut. »Nicht, dass ich dir auch noch ein Auge aussteche!« Und wir fühlten uns wohl. Er träumte für uns beide. »Wenn du groß bist und keinen Liebsten hast, bleibe ich bei dir, dann wohnen wir zusammen.« Abends kam die Schwester und sagte, es sei Zeit zu gehen. Einmal hat sich Léon in der Toilette auf dem Flur versteckt, dann hat er sich neben mich gelegt, und wir haben geweint. Natürlich hat uns die Schwester bei einem ihrer Rundgänge erwischt. Sie sah uns ein Weilchen an, dann sagte sie in die metallische Stille der Maschinen und Schatten hinein, dass wir wie Engel aussehen, aber Léon rief: »Nein, Engel sind tote Kinder, Joséphine ist lebendig, meine Schwester ist stärker als eine Revolverkugel.«

Ein paar Monate später, als ich wieder zu Hause war, wurden wir zu einem Geburtstagsfest mit Kostümen eingeladen, und Léon sagte lachend: »Mit deiner Visage brauchst du dich gar nicht zu verkleiden.« Da verstand ich, dass jetzt Schluss war mit der kindlichen Sorglosigkeit und der Nettigkeit.

In dem Sommer traf sich die Olive mit Freunden im Luberon, darunter ein Paar mit drei Kindern, das jüngste war elf, ein Jahr älter als Léon. Deshalb durfte Léon mitfahren. Ich war (ein bisschen) eifersüchtig. Die Olive hatte uns vorher

Fotos gezeigt, ein riesiger Swimmingpool, ein Tennisplatz, Sauna, eine Million Olivenbäume, ein Fluss zum Angeln und Boot fahren. Das Haus von einem großen Werbeboss oder so. Ich blieb also allein mit Mama in Lyon. Sie versuchte, abends früh nach Hause zu kommen, um sich mit mir einen *Mädchenabend* zu machen. Meistens hing sie dann nur am Telefon. Manchmal ging sie zum Telefonieren in ihr Schlafzimmer. Ich bin zwar entstellt, aber nicht taub, ich hörte die Worte, die Silben, die Stacheln. Das machte mich traurig. Ich dachte an den räudigen Hund. Er hatte sich wohl an denselben Dornen gekratzt. Vielleicht ist er wegen ihr ein Stück menschliche Scheiße geworden. Ich überlegte, dass ich mit meinem Therapeuten darüber sprechen würde. Einmal kam Mama mit dem Telefon in der Hand aus ihrem Schlafzimmer, sie hatte Schweißperlen über der Oberlippe. Später habe ich es verstanden: Freude, Lust, Schuldgefühl. Wir aßen Melone, und Mama sagte: »Es nützt nichts, daran zu riechen, eine Melone riecht halt nach Melone, um zu wissen, ob sie wirklich reif ist, muss man auf die Spitze drücken und an dem kleinen Stiel ziehen: Wenn er sich löst, ist die Melone perfekt.« Total spannend ☺. Im Krankenhaus hat mir Geneviève gesagt, ich soll die Melonenstücke in meinem Mund bewegen, wie wenn man Speichel erzeugt, das sei eine gute Übung für die Ausbildung der Lateralität. Als ich gefragt habe, ob diese gute Übung für Lateralität mir helfen würde, damit ich irgendwann einen Jungen küssen kann, bin ich bestimmt rot geworden. Sie hat gelächelt. »Bringst du mir das bei?« »Ja. Wenn du eine Nuss zerbeißen kannst, Joséphine. Aber bis dahin ist es noch ein ganzes Stück Arbeit.«

Nach der Melone haben wir einen blöden Film gesehen, aber Mama hat vor allem ihre Mails gelesen und Rosé getrunken. Wir haben uns gar nicht richtig unterhalten. Es war ein Scheißabend, kein Mädchenabend. Deswegen habe ich gesagt, sie soll sich keine Mühe geben, früher nach Hause zu kommen. Da hat sie meine Hand festgehalten. Eine Sekunde lang dachte ich, dass ich existiere, dass sie jetzt mit mir spricht. Aber sie hat bloß angefangen zu heulen.

Am 5. Mai im Jahr des Hundes kam die SF (Schreckliche Frage) zurück. Warum hat er als erstes auf mich geschossen?

22/05

Heute Mittag haben sie mich im Krankenwagen nach Hause gefahren. Die reinste Schrottkiste. Nicht so ein schöner, in dem sie mich nachts aus Paris hergebracht hatten, mit blauer Rundumleuchte, wie Blitze. Mama und die Olive hatten an der Wohnungstür ein Transparent aufgehängt. *Willkommen Prinzessin*. Die Olive hat meine Haare zerzaust und ist weggegangen. Léon war in der Schule. Ich habe die Andenken der Krankenschwestern in mein Zimmer gebracht. Mama hat mir geholfen, den Koffer auszupacken. Dann hat sie mir ein Geschenk gegeben. Ein orangenes Tuch, ganz was Edles. Ich weiß genau warum. Ich hasse sie, sie und das Tuch.

24/05

Beim Therapeuten war es heute gut. Er ist ziemlich alt und riecht ein bisschen nach Hund, aber nach gutem Hund. Er hat die Augen eines Cockers, ein ganz trauriger Blick mit Eiter in den Augenwinkeln. Jedes Mal, wenn er mich ansieht, tut er mir leid. Weil ich ihm sicher auch leid tue, mit meinen Speckscheiben auf der Wange. Wir haben über Wörter gesprochen, die die Dinge erklären könnten, das Unsagbare (Wort Nummer 1, das er mir beigebracht hat). Wahnsinn. Depression. Kummer. Riesiger Kummer. Krankheit. Aber ich fand, dass das zu normale Wörter waren. Das, was er mir angetan hat, was er meinem kleinen Bruder und dann sich antun wollte - der Doktor sagt, dafür gibt es keinen Namen. Er hätte mit sich anfangen sollen. Ich habe gefragt, ob man etwas benennen kann, das es nicht gibt. Er fand meine Bemerkung interessant. Er suggerierte mir (Wort Nummer 2; Verb), weiterzusuchen. Ein Wort ist ein Schlüssel, und Schlüssel werden wir brauchen, hat er gesagt.

Am Anfang war ich traurig. Als ich im Krankenhaus aufwachte. Mein Kopf brannte. Mama weinte, ihre Augen waren ganz rot, die Ärzte *suggerierten* ihr, das Zimmer zu verlassen. Alles war verschwommen. Ich hatte unerträgliche Kopfschmerzen. Jemand fragte mich, was passiert war. Ich hatte keine Ahnung. Ich schlief, das war alles. Als ich aufgewacht bin, habe ich gemerkt, dass die Hälfte meines Gesichtes fehlt. Da, wo mein Mund gewesen war, war irgendwie nur Wind. Ich konnte nicht mehr sprechen. Da war so viel Blut, die Laken waren durchtränkt und klebten. Ich bin aufgestanden. Ich habe den Hund gesehen, der sich über Léon beugte, mit einem Revolver in der Hand. Und das war alles.

Die Wut kam später.

28/06

Toll! Ich habe Kartoffelauflauf mit Hackfleisch gegessen. Ich hatte die Nase voll von Suppe, Eis und Säften, dem ganzen Zeug, das man den Alten einflößt, die keine Zähne mehr haben oder megakrank sind, wie mein Großvater. Mit dem Schlucken habe ich immer noch Probleme. Manchmal träume ich davon, in ein Steak zu beißen, wenigstens auf einem Crêpe mit Schinken und Käse rumzukauen. Das Hackfleisch hat geschmeckt. Die Olive hat gekocht. Seit wir in Lyon sind, macht er das Essen. Madame hat keine Zeit wegen ihrer superwichtigen Arbeit. Er ist jetzt selbstständig und hat immer mehr Tattoos am Körper. Japanische Ideogramme. Gestern hat er mir ein neues gezeigt, auf seinem Schulterblatt, *moduru*, das bedeutet wiederkommen, umkehren. Er hat mir erklärt, das ist, damit man nicht vergisst, dass man niemals gänzlich mit seiner Vergangenheit abgeschlossen hat. Ich glaube, er raucht zu viele Joints, aber manchmal ist er cool. Nur Mama nicht mehr.

Der erste Sommer im Jahr des Hundes. Ich war im Haus eingesperrt. Ein Stück Fleisch an meinem Hals war nicht richtig angewachsen. Eine Abstoßung. Im Vergleich zu mir war Quasimodo der reinste Märchenprinz. Man gab mir Kortison, und ich ging auseinander wie ein Hefeteig. Ich stach den Mannequins in den Zeitschriften meiner Mutter die Augen aus, schwärzte ihre Zähne mit dem Kugelschreiber, zerschlitzte ihre Wangen. Du kannst dir nicht vorstellen, wie ich sie hasste. Meine Hand war deine, die Hand, die alles zerstört hatte. Draußen im Park, direkt vor meinem Fenster, lagen die Mädchen im Gras. Sie rauchten. Gingen mit Jungs aus. Lachten. Sie waren rundum schön. Ich war zwölfeinhalb und schon eine alte Hexe, die nie gesund werden würde. Ich sagte dem Therapeuten, dass ich den Hund töten wollte, ich wollte dich erstechen, weil du mich verfehlt hast. Du hattest meinen Tod verpatzt, und ich verpatzte mein Leben. Diesen Satz schrieb er in sein Heft, und ich kam mir ganz wichtig vor. Aber was half das? In einem Monat würden die Ferien anfangen. Ich durfte nicht in die Sonne. Ich konnte nicht baden. Ich konnte nicht mit den Jungen ausgehen. Und meine hübschen Freundinnen hatten alle schon eine hässliche Freundin als Gegenstück. Die Kindheit endete so bescheuert, die Jugend fing so erbärmlich an. Ich wuchs schief. Eines Nachts brachte man mich mit Tatütata ins Krankenhaus, auf die Station für schwere

Verbrennungen. Meine Schnauze eiterte. Einzelheiten erspare ich dir.

Aber dann klappte es. Die Verpflanzung ging an. Meine Pobacken sahen aus wie ein Zebrafell, nach allem, was sie da rausgeschnitten hatten.

Dreimal in der Woche fuhr ich zu Geneviève ins Krankenhaus. Damals sprach ich noch sehr langsam, fing aber an, Sätze ohne Aussetzer zu bilden. »Du machst Fortschritte«, sagte Léon einmal ganz ernst. Und über sein altkluges Gesicht musste ich lachen. Lachen. Ich hatte schon so lange nicht mehr gelacht, nicht mehr diesen Taumel gespürt; damals hatte ich noch zu große Angst vor dem Lachen. Zu große Angst, dass mein Kiefer abfallen würde wie in den Trickfilmen. Nur dass die Schnauze des Wolfs bei Tex Avery runterhängt, wenn ein schönes Mädchen vorbeikommt. Das schöne Mädchen war nicht ich. Ich war Elephant Woman.

Siehst du, was du angerichtet hast?

Der Therapeut war im Urlaub. Ohne ihn war es ganz komisch. Es war kalt. Ich habe noch andere Wörter aufgeschrieben. Henker. Untermensch, MS (Menschliche Scheiße). Hundescheiße. Darauf kam ich immer wieder zurück.

Einmal hatte er mich zum Lachen gebracht. Ich war sechs oder sieben, Mama war nicht da, wir aßen zu dritt, es gab Schinkennudeln. Er hatte den Schinken nicht gut geschnitten, ich konnte nicht das ganze Stück in den Mund stecken, es hing mir aus dem Mund, ganz rosa, vielleicht zehn Zentimeter lang. Papa sah mich an und sagte: »Joséphine, nimm deine Zunge rein.« Ich brauchte ein paar Sekunden um zu verstehen, dann lachte ich mich halb tot. Das war ein netter Abend.

14/08

Heute war Tante Anna aus Lille da. Sie ist den ganzen Tag bei mir geblieben. Es war super. Weil sie nur jedes zweite Wort sagt und ich nur im Schneckentempo spreche, haben wir uns sehr gut verstanden. Sie hat mir von dem Hund erzählt, von damals, als sie klein waren. Wie er sie beschützt hat. Von dem Tag, als sie ihre Mutter in Bagnolet besuchen wollten. Meine Großmutter. Sie hat mir von ihr erzählt, das ist eine sehr traurige Geschichte. Dann ist sie gestorben und zwar in totalem Elend. Aber ich glaube, es war vor allem das Elend fehlender Liebe. Tante Anna hat mir ein Foto von ihr gezeigt. Für ihre Zeit war sie sehr schön. Die Frisur wäre heute altmodisch. Sie hat eine Zigarette in der Hand, wie eine Schauspielerin. Es gibt alte Fotos von Catherine Deneuve mit einer Zigarette, das ist Superglamour. Ich glaube, sie fand meinen Großvater, den, der jetzt Krebs hat, nicht Glamour genug. Er war nicht Mastroianni. Ich hatte Mühe, den Namen auszusprechen. Mastroianni. Darüber mussten wir beide lachen. Ich passe auf, dass ich immer mit geschlossenem Mund lache. Ich mag Tanta Anna gern. Schade, dass sie keine Kinder hat, sie wäre eine klasse Mutter. Sie kann gut Sachen erklären, (na gut, sie lässt sich viel Zeit), im Gegensatz zu meiner Mutter. Mama muss man verstehen, sie sagt immer, dass niemand sie versteht, weil man sie nicht genug beachtet. Tante Anna hat erzählt, dass sie ihn im Gefängniskrankenhaus besucht hat. Die MS, den Hund. Aber weil ich nichts gefragt habe, hat sie nichts weiter erzählt. Abends waren wir im Jardin du Rosaire beim Fackelzug, der bis zur Basilika hochführt. Nicht, weil sie an Gott glaubt oder so was, nur, weil es so schön ist. Als wir losgegangen sind und ich mein bescheuertes oranges Tuch umbinden wollte, hat sie mich davon abgehalten. Ich bin also zum ersten Mal nackt rausgegangen. Tante Anna hat meine Hand festgehalten. In der Menge haben mich die Menschen ganz normal angeguckt, sie haben gelächelt, und ich habe zurückgelächelt. Lächeln tut nicht mehr weh. Ein Junge hat mir zugezwinkert. Okay, er hat nur meine gute Seite gesehen. Aber immerhin.

Heute, am 14. August, war mein schönster Tag seit der Nacht des Hundes.

18/08

Heute war ich ganz allein draußen, ohne Tuch und ohne Verband. Ich habe darauf geachtet, dass immer eine Mauer oder so auf meiner linken Seite ist. Eigentlich sehen einen die Leute gar nicht so genau an. Eigentlich doch. Die Männer manchmal, die alten, vierzigjährigen, weil ich Jeans-Shorts trage und sehr lange Beine habe, zu lang, sagt meine Mutter. Sie braucht gar nicht eifersüchtig sein, sie ist eine Bombe. Sie hat mir mal erzählt, wie sie den Hund angebaggert hat. Da wäre ich gern dabei gewesen. Meine Mutter im BH mit ihren dicken Titten und er mit seiner zu langen Hose in einer Anprobekabine. Andererseits hätte sie vielleicht besser nicht so eine Show abziehen sollen, wenn man das Ergebnis heute sieht. Dabei hat sie mir gesagt, dass sie sich liebten, dass sie sich geliebt haben, nur hat sie dann mit der Zeit festgestellt, dass er mehr auf Ruhe steht und sie mehr auf Sturm. Mir ist nicht ganz klar, wieso ein Ruhiger auf seine Tochter schießt. Morgen sehe ich meinen Therapeuten wieder. Ich kann's kaum abwarten.

19/08

Sonst war er immer weiß wie ein Hintern. Heute war er ganz braungebrannt. Bis auf den kleinen Zwischenraum zwischen den Fingern, der war weiß geblieben, sah superniedlich aus. Wir haben wieder über Wörter gesprochen, Namen für das Monster. Ich hatte neue. Sadist. Barbar. RS (Riesenscheiße). Jedes Mal bat er mich, es zu erläutern. Zum Beispiel Barbar. Ich sagte: der keine Moral mehr hat, der nicht mehr zur Zivilisation gehört. Er nickte immer wieder kurz, um mich zu ermutigen. Ich machte weiter: der sich zum Wilden zurückentwickelt hat, zum Tier, wie die, die ihre Jungen fressen. Es gibt Schildkröten, die so etwas tun, Meeresschildkröten. Auch Säue, die ihre Ferkel fressen. Sau gefiel mir auch als Wort. Die richtigen Wörter zu finden, ist wichtig. Dann sprachen wir über das Aussehen. Er hat gefragt, wie ich mich sehe. In drei Wochen gehe ich wieder zur Schule. Er wollte wissen, wie ich mich fühle. Ich habe mich beschrieben, es war ziemlich hart, weil ich vor der Sau von beiden Seiten hübsch war. Jetzt ist es anders. Wörter zu finden, um über sich selbst zu sprechen, ist schwierig. Früher sagte Mama und sogar die Olive, dass ich hübsch bin, dass sich die Jungen um mich schlagen würden. Davon ist zu Hause nicht mehr die Rede. Sie sagen, dass ich Fortschritte mache, dass es besser wird, dass man immer weniger sieht. Am Arsch. Es sieht aus, als hätte ich ein Stück Schinken auf der linken

Wange, das sich bis zum Hals ausdehnt; im Kiefer habe ich eine Delle, als wenn der Boxer mit dem tätowierten Gesicht, ich weiß seinen Namen nicht mehr, der aus *Hangover*, mir voll eine reingehauen hätte. Also ich sehe nicht viel von Besserung. Er hat mir einen Spiegel gegeben. Immer noch grauenhaft. Er bat mich zu lächeln, mein Lächeln genau anzusehen und zu beschreiben, was ich sehe. Ein Lächeln eben. »Sind Sie sicher?« Ich habe wieder genau hingeguckt, habe noch breiter gelächelt, total idiotisch. »Ja, ich bin sicher.« »Sind sie sicher, dass es keine Grimasse ist?« Da habe ich ihm richtig in die Augen gesehen; meistens traue ich mich das nicht. Und dann habe ich »danke« gesagt, »danke, Doktor.« Obwohl ich immer noch eine abstoßende Halbfresse hatte, war mein Lächeln wieder da. Es war nicht mehr total schief wie am Anfang, es hatte wieder was von der Niedlichkeit, die man auf Fotos von früher sieht, ein hübsches Lächeln, hübsch wie ein strahlend blauer Himmel oder eine helle Nacht. Ohne Hund.

29/08

Heute waren Mama und ich einkaufen. Wir haben bei Gérard Darel eine wunderbare Tasche für meine Schulsachen gefunden. Die Olive hat mir einen tollen Füller geschenkt. Ich werde ihn nicht benutzen, niemand schreibt mehr mit Füller, aber das ist trotzdem total nett. Er hat gerade einen riesigen Auftrag für die Lancierung eines neuen Autos bekommen und muss zwei Wochen nach Paris, vielleicht auch drei. Ich wette, er kommt mit einem neuen Tattoo zurück. »Vielleicht auch mit einem neuen Wagen«, hat er zum Spaß gesagt. Er hat mir zum Schulbeginn viel Glück gewünscht und mir geraten, viel zu lächeln. Ich bin total raus. In diesem Jahr hatte ich praktisch keinen Unterricht. Ein bisschen Fernunterricht, am Anfang ein paar Mal im Krankenhaus. Also muss ich die Klasse wiederholen, das ist megablöd. Ich werde die Schule wechseln. Es ist mir schnuppe, wenn ich keine Freundinnen habe. Wir haben lauter Make-ups probiert. Das eine steht mir total gut und hat meine Stimmung ein bisschen gebessert.

Ich erinnere mich an die erste Antwort, die ich für die SF (Schreckliche Frage) gefunden hatte: Er hat Kopf oder Zahl gespielt.

13/09

Gar nicht schlecht das Collège. Ich habe mich ans Fenster gesetzt, das ist links. Die Lehrer sind ziemlich cool, besonders der Kunstlehrer ist supernett. Und er hat natürlich eine superheiße Freundin, die ihn mit einer Vespa abholt. Wie im Werbespot. Ich habe jetzt eine Freundin. Sie heißt Sacha, aber sie hasst ihren Vornamen, weil sie mal einen Nachbarn hatte, ein Idiot mit Ricard-Hütchen auf dem Kopf, dessen Hund Sacha hieß, eine deutsche Dogge, die so groß war wie ein kleiner Esel. Außerdem findet sie, das sei ein Jungenname. Ich habe ihr gesagt, dass Joséphine das Letzte ist und nach verklemmtem, arrogantem, dummem Bürgermädchen klingt. Das fand sie gar nicht. »Das ist doch ein total cooler Name«, sagte sie. »So cool wie du.« Wegen dem »so cool wie du« haben wir uns angefreundet. Sie ist megarothaarig und hat Millionen orange Konfetti auf Gesicht, Armen, Schultern und Brust. Man denkt immer, wenn man sie ordentlich schüttelt, fliegen sie hoch und wirbeln durch die Luft. Das würde schön aussehen. Sie findet ihre Sommersprossen aber total hässlich. »Guck dir mal meine Hände an, als hätte jemand tausend rostige Nägel reingeschlagen!« Ich mag sie, weil sie so ist wie ich. Man mag sich selber nicht besonders, so wie man ist. Andererseits soll man lernen, sich selber zu schätzen. Sagt der Therapeut. Heute war sie bei mir. Wir haben in meinem Zimmer ein bisschen gelernt. Aber vor allem tausendmal *Mardy Bum* gehört. Und eine Liste der Jungs aus der Klasse gemacht. Sieben sind hässlich, zwei na ja, einer geht, vier nicht übel und einer total super. Wir machen uns aber keine großen Hoffnungen, sie mit ihren Nägeln, ich mit meinem Schinken.

14/09

Patrick Swayze ist tot. Warum hat es nicht Mel Gibson erwischt?

04/10

Sie hat mich gefragt. Na klar. Ich habe mich nicht getraut, ihr die Wahrheit zu sagen. Die Wahrheit ist noch hart. Da sind so viele schaurige Sachen drin: von der Sau aufgefressen, von der Menschlichen Scheiße erstickt worden zu sein. Das heißt ja, dass man vielleicht selber eine Sau oder menschliche Scheiße ist, dass man keine Liebe verdient, auch nicht den Ozean der Zärtlichkeit, der das Leben so wunderbar macht. Ich habe ihr erzählt, dass ich einen Autounfall hatte und nicht angeschnallt war. Dass ich durch die Windschutzscheibe geflogen bin. Sacha hat ziemlich zweifelnd geguckt.

In zwei Wochen sind Herbstferien. Sie hat mich zu sich eingeladen. Ihre Eltern haben ein Familienhaus in Uriage-les-Bains, in der Nähe von Grenoble. Wir gehen ins Thermalbad. Ganz vornehm.

10/10

Heute habe ich eine 17 in Zeichnen bekommen. Wir sollten ein Selbstbildnis im Stil eines Malers malen. Ich habe Bacon gewählt.

29/10

Wahnsinnwahnsinnwahnsinn. Sachas Mutter hat uns das Paket *Totale Entspannung* geschenkt. Drei Tage. Jacuzzi (Toll). Schlammpackungen (Na ja). Massagedusche. Rasul. Handpflege. Unterwassermassage. Ich habe »Rücken« genommen, weil ich es nicht mag, dass jemand mein Gesicht berührt. Thermalbad. Solarium. Hammam. Ruheraum. Wir waren die Jüngsten und die Schönsten. Am Anfang haben uns die Alten neidisch und irgendwie verächtlich angeguckt. Dann eher mitleidig, wegen unserer merkwürdigen Schnauzen. Den Nägeln. Der Metzgerei.

Sachas Mutter ist toll, wir quatschen die halbe Nacht. Bei ihr habe ich das Gefühl, dass sie mich ernst nimmt und ich so sein kann, wie ich bin. Ich möchte gerne irgendwann mal darüber sprechen können, was mir passiert ist. Ohne Angst und ohne Scham. Weil ich irgendwie spüre, dass in einem bestimmten Moment hinter diesem ganzen Horror, jenseits des Grauens auch Liebe gewesen ist.

21/11

Antwort Nr. 2 auf SF: Er hatte Angst, dass ich von dem Knall wach werde, wenn er zuerst auf Léon schießt. Dass ich sehe, wie er das macht. Dass ich aufhöre, ihn zu lieben.

Ich fülle die Lücken (Fortsetzung).

*

An meinem fünfzehnten Geburtstag wurde Léon für drei Tage von der Schule verwiesen. Die Olive hat ihn abgeholt. Sie sind lange zu zweit durch den Park gelaufen. Ich hab sie vom Fenster aus gesehen, Léon schüttelte immer nur den Kopf. Irgendwann wollte er wegrennen, aber die Olive holte ihn ein. Es sah aus wie eine väterliche Abreibung, große Gesten, laute Stimme. Soweit ich mich erinnere, hast du uns nie angeschnauzt. Angeschrien. Oder geschlagen. Du warst eher ein Ruhiger, wie Mama sagt, ein In-sich-Gekehrter. Introvertiert. Tolles Wort, er ist introvertiert. Ich rede mit meinem Therapeuten darüber, über Introvertiertheit, die Weigerung, seine Gefühle hervorbrechen zu lassen, die Angst, die Kontrolle zu verlieren. Weil es bei mir nach dem, was du mir angetan hast, eine Weile gedauert hat, bis die Wut rauskam. Zuerst habe ich mich geschämt. War ich die Scheiße. Wenn ein Vater dich nicht mehr will, bist du zwangsläufig selber schuld. Lange habe ich gedacht: Ich habe ihn nicht glücklich gemacht, ich habe ihn enttäuscht, ich war hässlich, ich hatte keinen Humor, keine Anmut, war nicht schön. Ich hatte keine wassergrünen Augen. Dabei haben meine die gleiche Farbe wie seine. Ich dachte nie, dass er das Problem war, er war ja mein Vater. Ich habe im Internet gesucht, ich wollte Mädchen finden, denen es genau wie mir ergangen war, aber deren Väter (und manchmal Mütter) hatten anscheinend besser gezielt als meiner. Es gab keine Überlebenden. Dafür fand ich haufenweise Inzestgeschichten, gewalttätige Väter, Lügensüchtige, Schwangerschaftsleugnung. Aber eine Tochter, deren Vater sie zu töten versucht hat - Fehlanzeige.

Es ist komisch, dass ich »Überlebende« schreibe; das mache ich zum ersten Mal. Ein Wort, das ich mir früher gar nicht vorstellen konnte. Darüber haben wir in der Sitzung gesprochen. Überlebende: die nach einem Ereignis mit Opfern am Leben geblieben ist, sagt der *Larousse*.

Ich bin am Leben geblieben.

Aber es ist so schwierig, nicht zu wissen warum.

Also. Léon wurde an meinem fünfzehnten Geburtstag nach Hause geschickt, weil er einem anderen Jungen eine runtergehauen hatte, der am Schultor zu ihm gesagt hatte: »Dein Vater ist eine dreckige Schwuchtel.« Als ich meinen Bruder am Abend daran erinnerte, dass unser Vater noch was viel Schlimmeres ist, hat er den Kopf geschüttelt und gesagt: »Olivier ist mein Vater.«

Später hat sich die Olive ein Motorrad gekauft. Eine schwere Triumph, die einen Riesenlärm macht. Die Mädchen auf der Straße drehten sich um, die Männer auch. Er fuhr Léon damit zur Schule, und der hielt sich für Batman. Wenn sie sich verabschiedeten, stießen sie mit den Fäusten aneinander wie Ganoven. Zu Weihnachten wünschte sich Léon ein Tattoo. Er hatte schon sein Ideogramm ausgewählt. 不羈独立. Hatte es vergrößert und in seinem Zimmer an die Wand gepinnt. *Fukidokuritsu*. Frei und unabhängig. Mama verdrehte die Augen. »Du träumst, mein Kleiner, mit zwölf Jahren tätowiert man sich nicht.« »Fast dreizehn«, antwortete Léon und guckte sie schief an. Ich habe genau gemerkt, dass er sich nicht getraut hat, ihr ins Gesicht zu sagen: »Schnauze, ich mach, was ich will.« Heuchler! Ich dachte, er hasst Mama wegen dir. Wir hatten nie mehr darüber gesprochen. Nie mehr. Nach dem Krankenhaus hatten Léon und ich darum gebeten, unseren Nachnamen zu ändern, wir wollten nicht Joséphine Sau oder Léon Sau sein.

Wir hatten alle Fotos verbrannt, auf denen man sie sah, die widerliche Sau. Alle Sachen zerstört, die sie uns geschenkt hatte, die sie nur berührt hatte. Wir wollten sie ausmerzen. Sie töten. Wir haben nie mehr Papa gesagt. Wir haben dich nie mehr benannt. Wenn man nicht mehr über die Dinge spricht, hören sie manchmal auf zu existieren.

Aber jetzt muss ich darüber sprechen, wenn ich existieren will.

Mama und die Olive schnauzten sich immer häufiger an. Wegen des Motorrads. Weil er immer später nach Hause kam. Weil seine Jacke manchmal nach Parfüm oder sein Haar nach dem Rauch einer Light-Zigarette roch. Er meinte, in der Hinsicht müsse sie ihn nicht belehren. Wenn du verstehst, was ich meine. Dazu hat er brutal gegrinst. Einmal hat er sogar hinzugefügt: »Deine Anprobekabinen kennen wir ja.« Da hat sie ihm eine runtergehauen, ist in ihr Zimmer gerannt und hat die Tür zugeknallt. Léon hat die Olive umarmt. Der hat seinen Kopf gestreichelt und »Nimm deinen Helm, Kumpel«, gesagt, und weg waren sie.

An dem Tag hat sich Léon tätowieren lassen. *Fukidokuritsu*. Auf die Schulter, in Höhe des Deltamuskels. Er zeigte es mir, und ich musste schwören, Mama nichts zu verraten. »Sonst bring ich dich um.« »Das hat schon mal jemand versucht«, habe ich nur geantwortet, »klappt nicht, ich bin unsterblich.« Das gefiel mir, diese Vorstellung, unsterblich zu sein. Davon habe ich dem Therapeuten erzählt, und wir haben versucht, es zu vertiefen. Unsterblichkeit. Natürlich würde ich eines Tages sterben wie alle anderen auch. Aber nicht dieses Mal. Wenn ich eine Überlebende, also eine Lebende war, hatte ich vielleicht noch etwas zu erleben. Mein Leben, mit meiner Geschichte, mit Leuten um mich rum, die ich ausgewählt hätte. Die ich lieben würde. Die mich lieben würden, auch mit meinem Eisbeingesicht. Und meinem schönen Lächeln, meinem Lächeln, das tötet. Ich weiß schon, dass das zwischen Mama und der Olive nicht die große Liebe ist. Darüber habe ich mich in einer Nacht mit Sacha und ihrer Mutter unterhalten. Wir haben über das Begehren gesprochen. Über Inbrunst (das Wort kannte ich noch nicht). Über das Unheil, das das Begehren manchmal anrichten kann. Den Verlust, der darauf folgt. Weil niemand ständig begehren kann. Das ist zu schwer, das frisst einen auf. Sacha hat gesagt, sie will niemals heiraten, sie will nur Liebhaber haben. Ihre Mutter hat sich halb totgelacht. Und ich habe ihnen gestanden, dass im Moment mein einziges Begehren darin besteht, meine Periode zu bekommen. Ich war fünfzehn und hatte sie noch nicht, weil jemand mein Herz trockengelegt und mich meines Blutes entleert hatte. Ein Vampir-Hund.

25/12

Weihnachten, na ja. Die Olive und Mama versuchen, nett zu sein. Tante Anna und Onkel Thomas sind mit dem Zug aus Lille gekommen. Ich habe Schuhe von Zadig & Voltaire bekommen. *Daisy* von Marc Jacobs. Einen Einkaufsgutschein für H&M (Dreihundert Euro). Amy Winehouse (hatte ich schon, danke Mama). Einen bareMinerals-Kit. Und eine sehr schöne alte Uhr (die noch funktioniert), eine Reverso. Innen stehen Initialen, die nichts mit meinen zu tun haben. Léons Geschenke habe ich mir nicht mal angeguckt. Ist mir schnuppe. Seit seiner Todesdrohung sprechen wir nicht mehr miteinander. Ich nenne ihn immer Monsieur BN. Bettnässer. Dann dreht er durch. Das gefällt mir. Tante Anna hat uns von meinem Großvater erzählt. Sie sagt, *Wir warten*. Besser gesagt, sie sagt *wir* und ihr Mann *warten*. Onkel Thomas ist der einzige, der sie versteht, außer MS, und ich ein bisschen. Es kann morgen, in einem Monat oder in zwei Jahren passieren. Wir warten. Sie hat erzählt, dass man bei Colette immer mehr denkt, sie hat Parkinson. Hat sie aber nicht. Sie zittert nur vor Angst, verlassen zu werden, eines Morgens allein dazustehen. Das ist schwierig, weil sie überallhin kleckert, wenn sie meinen Großvater füttert, dann entschuldigt sie sich und schämt sich, deswegen weint sie ständig.

Jetzt bezahlt Tante Anna eine Frau, die nicht zittert. Sie kommt zu den Mahlzeiten und plaudert ein bisschen mit ihnen, über einfache Sachen: die Bauarbeiten in der Rue de Belfort, den Tod der Friseuse aus der Rue des Chaudronniers, einen überfahrenen Hund. Anna hat mir ein Geschenk von Colette gegeben. Einen kleinen Ring mit einem winzigen Diamanten. Eine Verbindung zwischen uns allen. Obwohl sie die Frau vom Vater des Monsters ist, habe ich mich über diese Verbindung gefreut und darüber, dass ich eine Familie habe. Nicht total allein, ausgestoßen, ermordet bin. Die Erwachsenen sitzen noch im Wohnzimmer. Ich bin in mein Zimmer gegangen, um das aufzuschreiben. Jetzt rufe ich Sacha an.

08/01

Heute früh sprach Mama davon, Léon ins Internat zu schicken, aber die Olive war nicht einverstanden damit. Sie hat gesagt: »Schließlich bin ich seine Mutter.« Und Léon: »Olivier ist mein Vater.« Das hat er richtig geschrien. Mama hat sich die Hand vor den Mund gehalten, als wollte sie einen Schrei unterdrücken oder müsste kotzen. Plötzlich sah sie ganz traurig aus. Ich habe gesagt: »Das Internat wird Monsieur BN gut tun, dann hört er hoffentlich auf, immer so anzugeben.« Und die Olive meinte, ich solle den Mund halten.

Ich hasse sie alle. Ich hasse sie. Ich hasse sie.

08/01 (NACHTS)

Antwort Nr. 3 auf die SF: weil er Angst vor Mädchen hatte.

21/01

Heute hat mir der Therapeut eine Aufgabe gestellt. Ich sollte ihm die Person beschreiben, die ich später werden möchte. Ich wusste nicht, was ich sagen sollte. Er hat gewartet.

Dann habe ich gesagt: »Normal.« Und er: »Aber das sind Sie doch schon. Sie sind normal.« Ich: »Nein. Normal ist, wenn man geliebt wird.«

Am Ende des Frühlings entdeckte Mama die tätowierte Schulter von Monsieur BN. Sie rastete aus und verlangte von der Olive, er solle abhauen. Das Haus verlassen. Sie schrie, er sei ein Verbrecher, sie würde die Polizei rufen. Ein Kind tätowieren lassen! Die Olive ist auf seinem Motorrad abgerauscht, und Léon hat in der Schule nichts mehr gemacht. Er wurde unausstehlich, richtig gemein. Mama weinte nachts manchmal. Manchmal schlief sie woanders - wie früher zu Zeiten der Sau. Morgens kam sie mit Croissants nach Hause, von wegen »Ich bin eine gute Mutter«. Aber ich sah trotzdem ihre geröteten Augen und ihre schmutzige Haut, nicht abgeschminkt, fettig. Die Knoten in ihren Haaren und die Kratzer an ihrem Hals oder ihren Händen. In ihrem Herzen. Ich sah sehr wohl, wie sie litt. Und ich sagte dem Therapeuten, dass MS das auch gesehen haben muss. Dem Leid der anderen entgehst du nicht, es springt dir ins Auge. Es braucht dich. Ob du willst oder nicht. Darüber haben wir viel gesprochen. Leid - Kummer, Verletzung, Qualen. Ich habe versucht, es auf einer Skala von eins bis zehn zu bemessen, um es zu zähmen.

Die Farbe des Schinkens auf meiner Wange wurde heller. Allmählich sah es aus wie ein großes Muttermal. Annehmbar. Die Vertiefung im Kiefer war immer noch da. Ich kaute Kaugummi. Ich rauchte. Ich kompensierte. Ich lächelte viel. Ein Friseur hatte sich einen ziemlich tollen Schnitt ausgedacht, der die Gemeinheit der Hundescheiße ausglich. Ab und zu lud mich ein Junge ein, nach der Schule mit ihm zu Starbucks zu gehen, nicht der, den wir total super fanden, auch keiner der Nicht-üblen, aber auch nicht der Hässlichste. Ok, Joséphine kann sich noch steigern.

Ich ging weiterhin zweimal in der Woche zu Geneviève, und mein Redefluss wurde nach vierjähriger Arbeit durchaus … »fließend«, sagte sie. Ich wusste, dass ich niemals Schauspielerin oder Moderatorin werden würde (umso besser), aber ihre Ermutigung war Balsam in meinen Ohren. Doch das wahre Leid trug ich in mir. Es war riesig, abgrundtief, es nagte an meinem Bauch, meinem Herzen, meinen Knochen. Ich konnte nicht mehr. Wenn es nicht verschwand, würde ich verschwinden.

Natürlich habe ich daran gedacht. Was glaubst du denn? Deinen Hunde-Job vollenden. Ich habe sogar überlegt, wie. Etwas Sanftes, vielleicht Tabletten, oder was Starkes. Ich wählte das Starke, das Heftige. Joséphine, Tochter eines Monsters. Niemand kann aus seiner Haut. Unsere Wohnung war im siebten Stock. Ein Sturz aus 21 Metern Höhe. Ich würde 2,069 Sekunden lang fliegen und mit 73,1 Stundenkilometern auf den Boden knallen. Stell dir meine Fresse vor, da unten, auf dem Bürgersteig, das ist so, als würde mich eine 800 Gramm schwere Boulekugel mit 580 Stundenkilometern treffen. Besser als deine Scheiß-Revolverkugel. Absoluter Brei. Kein Schinken mehr. Irreparabel.

Du wusstest nicht, dass ich in Physik so gut bin.

Als ich das dem Therapeuten erzählte, sagte er: Auf eine Art sind Sie wie *er*. Übertreibung. Leidenschaft. Ich sprang auf, verließ seine Scheiß-Sprechstunde, knallte die Tür zu. Draußen regnete es. Und mir fiel ein, dass ich ihn nie gefragt hatte, warum es regnet. Meinen Vater.

Sacha hatte einen Freund. Aus der Zwölften. Nicht gerade Camille Lacourt. »Aber ich bin ja auch nicht Valérie Bègue«, meinte Sacha. Achtzehn Jahre, Grufti. Während der Woche unauffällig. Am Wochenende total schräg drauf: Industrial Rock, Schweißerbrille. Das passt gut zu ihren verrosteten Nägeln. Wir haben uns scheckig gelacht. Es ging einen Monat. Genau sechsundzwanzig Tage. Dann hat sie Schluss gemacht, ein bisschen, weil er mit ihr schlafen wollte, aber vor allem, weil er so deprimierend war. Aber küssen konnte er toll. Er hatte eine sehr lange Zunge, damit konnte er sein Kinn berühren. Das sah eklig aus, wie ein weicher Schwanz. Sacha und ich haben uns nicht mehr eingekriegt. Ich mag sie sehr. Sie ist meine Schwester. Ich habe ihr von Menschliche Scheiße erzählt. Was er mir angetan hat. Wir haben geweint. Das war gut.

Dann kam die Olive zurück. Meine Mutter hatte ihn gebeten, zurückzukommen. Ich glaube, sie hat Angst vor Léon und mir, den beiden Kindern von MS. So gerne ist sie nicht Mutter, als dass sie mit uns alleine bliebe. Sie stand auf ihre Kabinenabenteuer. Verführen, erobern, fertig. Ich finde sie sehr schön. Dass sie früher gefährlich war, macht sie noch schöner. Ich wäre gerne so wie sie und auch wieder nicht. Ich habe eine ruhige Seite, die ich mag. Ich weiß, Herr Therapeut, ich weiß. *Seine* Seite. Das, was mich an *ihn* bindet. Das, was mich *ihm* näher bringt.

Nachdem die Olive zurück war, wurde Léon wieder ein toller kleiner Bruder. Er machte seine Hausaufgaben. Er wusch sich (vorher hatte er richtig gestunken). Er putzte sich die Zähne, benutzte sogar ab und zu Deo und betätigte die Klospülung. Er hat mir sogar gesagt, dass ich gar nicht übel bin. Nicht Eva Mendes und nicht Salma Hayek, aber trotzdem nicht übel. Das Leben zu Hause war wieder ein Traum. Meine Mutter und die Olive küssten sich vor uns auf den Mund. Er ging ihr an den Hintern, sie wand sich lachend; sie spielten zwei, die sich lieben und begehren. Einmal hat er sie auf dem Motorrad mitgenommen, als sie zurückkamen, war sie total aufgedreht und hat gequatscht wie die Darsteller von Pornofilmen. Léon fing an zu weinen, und die Olive sagte: »Keine Sorge, Kumpel, ich habe nur einen Motorradfreund und der bist du.« Und sie zischten ab und rasten durch den Tunnel von Fourvière.

Auch in der Schule war es cool. Ich hatte sehr gute Noten. Ich würde mit Sacha aufs Lycée kommen. Und dann kam es endlich. Das Blut.

19/09

Diesen Sommer bin ich mit einem Jungen gegangen. Aber küssen durfte er mich nicht. Dabei muss ich die absolute Kusskönigin sein, nach allem, was mir Geneviève im Krankenhaus beigebracht hat. Wir haben viel über Mädchensachen geredet. Ich mag sie sehr. Der Junge durfte mich befummeln, mir einen Finger, sogar zwei reinstecken. Aber nicht der Mund. Darüber habe ich mit dem Therapeuten gesprochen. »Sehr freudianisch«, meinte er lachend. Ich habe ihm gesagt, dass mein Mund ein Heiligtum ist. Das Tabernakel meines Schmerzes, der Ort meines Todes, die Narbe meiner Wiedergeburt. Ich war ziemlich ernst, ich weiß, megaernst sogar.

Ich stelle mir lauter Fragen. Im Moment bin ich mit »warum« beschäftigt. Warum sprechen wir nie über ihn, Mama, warum hat er das gemacht, warum habt ihr Kinder in die Welt gesetzt, wenn ihr euch nicht geliebt habt? Warum ich? Warum setzt das Verlangen alles in Flammen und endet immer in Asche? Warum weine ich einfach so, ohne Grund? Warum schäme ich mich? Warum habe ich so ein heftiges Gefühl von Wind? Von Kälte?

Clément. So hieß der Junge. Nett. Ein bisschen heftig mit seinen Fingern. *Fingerunfertig* hat ihn Sacha genannt. Und schon mussten wir wieder losprusten. Aber nicht besonders clever. War schon in Ordnung. Nicht Feuer und Flamme. Keine bescheuerten Liebesworte. Nur konkrete Begriffe. Vagina. Penis. Brust. Erkundung. Dann fuhr er zu seiner Großmutter, auf einen alten Bauernhof in Ristolas, fünf Kilometer von Aiguilles. In ein kleines Alpendorf. Mit Tieren. Hat er mir erzählt. Kühe, Ziegen. Dann habe ich mir vorgestellt, wie er sie melkt, nachdem er mich fünfzehn Tage lang begrapscht hat, und ich war froh, dass ich ihn nicht geküsst hatte. Ein Kuss ist zu schwerwiegend. Aber bei der Vorstellung, dass wir manchmal nur wie eine Kuh unter den Fingern eines Kerls sind, wurde mir ganz schlecht.

20/09

Meine Mutter und die Olive sind für eine Woche zu zweit weggefahren. Kommt gar nicht infrage, dass ich mich um Monsieur BN kümmere (jetzt rasiert er sich, damit ihm ein Schnurrbart wächst), dass ich ihn bekoche, seinen Dreck wegräume, morgens seine Schultasche kontrolliere. Oder abends seine Hausaufgaben. Ich bin nicht sein Dienstmädchen. Auch nicht seine Mutter. »Das finde ich nicht cool«, meinte die Olive. »Und sein Vater bin ich auch nicht«, habe ich nachgeschoben. Die Stimmung war ziemlich angespannt. Sie sind weg, um sich noch eine Chance zu geben, das fand ich zum Totlachen: sich noch eine Chance geben. Der Therapeut fragte, warum ich darüber lachen muss. Weil es illusorisch ist, solange man nicht verziehen hat. Eine Chance ist das Geschenk des Verzeihens. Dann sprachen wir über Verzeihen, und das war total schwierig, weil es so schwere Sachen aufwühlt. Die mich erdrücken. Ich habe das Gefühl, das hört nie auf, dieser Schuss, das Geräusch wird nie enden. Der ganze Schmerz. Es gibt bestimmte Wörter, die mir richtig wehtun, wenn ich versuche, sie auszusprechen. Wie eben Verzeihen.

Verzeihen. Liebkosung. Kindheit. Zärtlichkeit. Annehmen. Papa.

24/10

Antworten Nr. 4, 5 und 6 auf die SF: Falls er es sich im letzten Moment anders überlegen sollte, würde er lieber Léon bei sich behalten. Weil er dachte, dass ich schon länger als mein Bruder auf der Welt war und mein Bruder Anspruch auf einen kleinen Nachschlag hatte. Weil er mich zu sehr liebte.

25/10

Heute haben wir geschwänzt, um Sachas Geburtstag zu feiern. Ich habe ihr bei Zara einen sehr schönen Mantel gekauft. Rot, mit schwarzen Knöpfen, Fünfzigerjahreschnitt, à la Audrey Hepburn. Mit ihren Feuerhaaren zündet Sacha alles an. Kerle pfeifen ihr auf der Straße hinterher. Erwachsene Männer. Verheiratete. Ausgehungerte. Darüber amüsieren wir uns. Im Starbucks wollte uns ein Alter den Kaffee und die Blaubeermuffins spendieren. Wir haben ihm gesagt, er soll abzischen, und er hat uns Schlampen genannt. Also ganz ehrlich, die Männer sind noch lange nicht geheilt. Dann haben wir *The Paperboy* mit Zac Efron und Matthew McConaughey und Nicole Kidman als heiße Braut gesehen. Nicht übel, die Szene im Gefängnis, wo sie sich selbst befriedigt. Megaheftiges Ende. Wir haben zwei Tonnen Popcorn gegessen (wobei ich aufpassen musste, mir nicht den Kiefer zu verrenken) und ständig gekichert, wenn McConaughey seine Muskeln spielen ließ. Als wir aus dem Kino kamen, war Superwetter. Wir sind den Quai Joseph-Gillet an der Saône entlanggeschlendert. Dann den Quai Saint-Vincent. Es war ein richtig guter Tag. Nur Sacha und ich. Die Nägel und der Schinken. Außerhalb der Zeit. Wir schwebten.

02/11

Gestern bin ich beim Aufräumen auf den Brief einer Journalistin von vor zwei Jahren gestoßen. Sie wollte mich treffen, um mit mir ein Buch über das zu schreiben, was geschehen war. Das hat mich umgehauen. Lana del Rey voll aufgedreht. *Blue Jeans* in Endlosschleife.

Ich hoffe, dass Reue tötet.

*

Natürlich musste ich weiter regelmäßig ins Krankenhaus. Untersuchungen, röntgen, Tests. Alle waren sehr zufrieden. Einmal habe ich mich nach der Scheibe Schinken erkundigt. Sie verstanden mich nicht sofort. Der Horror hat keinen Sinn für Lächerlichkeit. Dann wollten sie mich beruhigen. Ein kleiner Fleck wird bleiben, Joséphine. Aber mit der Zeit wird sich die Pigmentierung Ihrer Haut anpassen. Mit der Zeit. Was soll ich mir denn davon kaufen? Bestimmt keine anständige Fresse.

Geneviève hat mit mir singen geübt. Wir haben Vokalisen gesungen. Ätzend. Meine Stimme ist zum Wegrennen. Die hast du auch zerstört. Sie zeigte mir Sängerinnen auf YouTube. Nicht sehr lustig. Ich spielte ihr *Acceptable in the 80's* vor. *Bad Romance*. Sie lud mich in die Krankenhauskantine ein. Der Geschmack von den Sachen, die ich fünf Monate lang täglich gegessen hatte, hinterließ ein komisches Gefühl. Den Ekel vor dir. Bei meinem Therapeuten habe ich dann festgestellt, wie weit ich gekommen bin, wieviel Kummer ich durchgemacht habe. Einmal habe ich bei ihm lange in den Spiegel geguckt. »Geben Sie es zu, erkennen Sie an, dass Sie trotzdem hübsch sind«, sagte er. Ich habe es anerkannt:

Ich bin trotzdem hübsch. Er hat geseufzt. »Schließlich wachsen Sie.« Ich lächelte. Auf meiner linken Wange, der schrecklichen, kam ganz allmählich mein kleines Grübchen wieder zum Vorschein. Nahm wieder seinen Platz ein. Ich war total glücklich. Auch über meine Augen, wassergrün wie die von Hundescheiße. Und die von meinem Großvater, glaube ich, der meine Großmutter an Liebeselend hat sterben lassen. Die Leute sehen mir immer in die Augen. Zum Glück habe ich eine gute Figur. Danke, Mama. Nur dass meine Beine länger sind als ihre. »Die machen verrüüüüüüückt«, sagte (und sagt noch immer) Sacha. Ich habe beschlossen, nicht mehr zu jammern, jedenfalls nicht über mein Gesicht. Als ich mich an dem Tag von meinem Therapeuten verabschiedete, ging es mir gut.

Am Tag davor gab es dagegen einen Riesenkrach zwischen meiner Mutter und der Olive. Léon verkündete, im Fall einer Trennung würde er bei der Olive leben. Motorradkumpel. Meine Mutter ist fast durchgedreht, als er das gesagt hat, sie brüllte Dinge wie: »Du machst, was ich dir sage, ich bin deine Mutter, ich entscheide.« Und als Monsieur BN, der Bartlose, antwortete: »Da scheiß ich drauf, ich hau ab, ich verschwinde«, hat meine Mutter irgendwas gegen die Wand geknallt. Glassplitter flogen durch die Luft, Léon bekam etwas ins Gesicht. Er blutete sofort an zwei Stellen. Als er seine Wange berührte, war sein Handteller rot, wie wenn man Handmalerei macht. Ich bin sofort umgekippt.

War das peinlich! Léon hat mich ausgelacht. »Du hast dir in die Hose gepinkelt! Du hast dir in die Hose gepinkelt!« Er hatte zwei kleine lächerliche Pflaster. Eins auf der Stirn, eins auf der Wange. Nichts Ernstes. Aber im Gesicht blutet es halt stärker. Der Notarzt gab mir was zum Einschlafen. Plötzlich war alles ganz weich. Die Matratze, die Steppdecke. Ich war ein Stein in Watte. Ich hörte die Stimme der Sau. Weit weg. Ganz weit weg. Ja, ja, deine Stimme. Sie las mir *Hänsel und Gretel* vor. Dann war ich weg.

02/12

Bei den letzten Sitzungen haben wir ziemlich viel über Erinnerungen geredet. An die Zeit, bevor Léon geboren wurde zum Beispiel. Ich erinnere mich sehr gut daran. Mama und ich haben sein Zimmer eingerichtet. Sie hatte einen riesigen Bauch und Riesenbrüste. Wir haben Plüschtiere gekauft. Ich durfte sie aussuchen. Ich habe lauter kleine Bilder für sein Zimmer gemalt. Wir hängten sie mit kleinen Klammern an bunte Fäden. Mama hat im Garten violette und rosarote Blumen gepflanzt. MS hat uns fotografiert. Er hat gesagt, dass wir schön sind, dass wir ihn glücklich machen.

Und?

Ich will es lieber nicht zugeben, aber es war eine sehr schöne Zeit in meinem Leben. Meine Eltern verstanden sich gerade gut. Wieder gut, meine ich. Ich war bei ihnen. Ich liebte sie beide. Wir würden ein gutes Leben haben. Und dann kam's.

»Was kam?«

»Das wissen Sie genau.«

Er wollte, dass ich es ausspreche. Die Analyse, natürlich mit einem großen A. Die Wörter müssen raus. Man muss sie auskotzen, wenn man gesund werden will. Und da habe ich gesprochen. Ich habe von dem Tag gesprochen, dem Tag vor der Nacht des Hundes.

02/12 (NACHTS. ALLE SCHLAFEN)

Es gibt manchmal so perfekte Tage. Man ahnt nichts. Man hält sie für normal. Schon beim Aufstehen hatte ich gemerkt, dass etwas anders war. Zuerst das Licht draußen. Der Himmel war ganz blau. Alles so scharf, wie auf einem Foto. Die Luft wirkte sauber, verstehen Sie, was ich meine? Er hatte Croissants und Milchbrötchen geholt. Die Milchbrötchen waren für Léon; er steht darauf, mit Nutella. Wir frühstückten zu dritt. Wir lachten. Wir sprachen darüber, was wir an dem Tag unternehmen würden. Er sagte: »Alles, was ihr wollt.« Léon und ich wollten nicht viel. Ich meine, nicht ins Museum gehen oder Tretboot fahren. Nein. Nur zusammen den Tag genießen. Zu Hause bleiben. Musik voll aufdrehen. Tanzen. Das haben wir auch gemacht. Ich hatte ihn noch nie tanzen sehen. Er war komisch. Ich brachte ihm etwas Rock bei. Aber er hatte irgendwie kein Rhythmusgefühl. Als wir total verschwitzt waren, hat er uns trotz der Kälte im Garten mit dem Schlauch abgespritzt. Léon und ich sagten, es wäre toll, irgendwann einen Swimmingpool zu haben, und er sagte: »Ja, einverstanden, wir bauen einen Swimmingpool.« »Einen richtigen?«, fragte Léon. »Einen richtigen. Nicht so einen Plastikscheiß. Einen richtigen. Mit Sprungbrett.« »Und warmem Wasser«, hat Léon gesagt. Wir haben gelacht. Haben eine Schnur gespannt, um die Fläche zu markieren, wo der Pool sein sollte, und er versprach, dass er gleich am nächsten Morgen eine Firma anrufen würde und in drei Monaten, im Frühling, würden wir alle baden. Das war dieser Tag. Solche Sachen. Familiensachen. Kleine Träume, die man sich ausdenkt. Die Wirklichkeit werden. Danach haben wir zusammen gekocht. Ich habe den Salat gemacht, darin bin ich spitze. Léon hat den Tisch gedeckt. Er hat eine Weinflasche aufgemacht. Hat jedem ein bisschen eingegossen, und wir haben auf den Pool angestoßen. Auf den blauen Himmel. Auf das Wohl unseres Großvaters, dass sein Krebs weggeht. Auf Colette, dass sie aufhört zu zittern. Auf Mama, dass sie eines Tages zurückkommt. Er entschuldigte sich für jedes Mal, wo er kein guter Vater gewesen war. Léon ist aufgestanden und hat ihn umarmt und gesagt, dass er der beste Vater ist.

Antwort Nr. 7 auf SF: Weil ich ihm nicht gesagt habe, dass er der beste Vater ist.

Er war von Léons Umarmung ganz gerührt. Hat sich die Augen gerieben und gesagt, dass er uns lieb hat, dass er bald wieder Arbeit findet, dass alles wieder gut wird. Wir haben uns sattgegessen – ich muss zugeben, dass mein Salat extrem gelungen war. Léon fragte, ob er sich beim Judo anmelden darf. Er war nicht sehr begeistert, hat aber zugestimmt, und sofort ist Léon aufgesprungen, um diese lächerlichen Kampfbewegungen zu machen, wie sein geliebter Jason Bourne. Ich habe von der Schule erzählt und was ich später werden will. Designerin. Oder Parfümherstellerin. Ich hatte ein Buch von dem Mann gelesen, der fast alle Parfüms von Hermès herstellt. Das fand ich toll. Mir gefiel die Sprache, die duftenden Wörter, diese stillen und so genauen Sätze, die sie bilden. Er hat mir lange zugehört, und ich habe mich wohlgefühlt. Groß. Auch stolz, dass er sich viel Zeit für mich nimmt. Léon sah sich ein Video an. Wir saßen noch am

Tisch. Er bat mich, ihm das Parfüm zu beschreiben, das ich erfinden wollte. Das war eine schwierige Frage. Nugat. Malabar. Etwas Lakritz. Etwas Hyazinthe (das waren die Blumen, die Mama im Garten gepflanzt hatte). »Mit etwas Kindheit drin«, sagte ich. Das fand er sehr schön und hat die Augen zugemacht, als würde er versuchen, das Parfüm zu riechen, das ich gerade erfunden hatte, und sich damit zu imprägnieren. Er hat meine Wange gestreichelt und mich angelächelt. Dann hat er gesagt: »Du wirst dir immer deinen wunderbaren Teil der Kindheit erhalten, Joséphine, glaube mir.« Und ich glaubte ihm. Ich wollte meinem Vater in diesem Moment glauben. Ich weiß. Der Therapeut machte mich darauf aufmerksam: »Es ist das erste Mal, dass Sie ›mein Vater‹ sagen, seitdem Sie zu mir kommen.«

Mein Vater. Komische Silben plötzlich, die in meinen Mund brennen, meine Haut wie Nadeln durchbohren. Und zugleich sind sie warm, diese Silben. Fühlen sich gut an.

Wir haben alle zusammen den Abwasch gemacht, den Nachtisch gab es bei Montois. Er hat uns erklärt, warum sich die Negerköpfe in Othello verwandelt hatten, aber dass man die Menschen nicht toleranter, sanfter, großzügiger machen kann, indem man den Namen eines Kuchens ändert. Er hat uns erzählt, wie schwierig die Termine beim Jobcenter waren, dass manche Wörter, die durch die Luft fliegen, beim Herabfallen Menschen verletzen. Er hat uns von einer Frau erzählt, die zusammengebrochen war, als man ihr verkündete, dass sie keine Ansprüche mehr habe. Das waren tödliche Worte: keine Ansprüche mehr. Er sprach mit uns wie mit Erwachsenen. Léon und ich kamen uns wichtig vor. Das war toll. Wir stellten ihm lauter Fragen, und er antwortete. Irgendwann sagte er, es gebe eine Frage, die man ihm nie gestellt hätte, aber von der er sich wünschen würde, dass man sie ihm stellt. »Welche, Papa?« Warum es regnet. Und Léon antwortete: »Weil sie es im Wetterbericht angekündigt haben«, und wir mussten lachen. Aber ich sah plötzlich einen Hauch von Traurigkeit in den Augen meines Vaters. Als wir nach Hause kamen, haben wir Monopoly gespielt. Eine verrückte Partie. Ich war dabei zu verlieren. Er verwaltete die Bank und schob mir unter dem Tisch Fünfhunderterscheine zu. Wir hatten total Schiss, dass Léon es merkt. Das war unser Geheimnis an diesem Nachmittag, diese kleinen kackbraunen Scheine unter dem Tisch. Unser letztes Riesengeheimnis.

Abends Pizza. *Die Hard 1* für Léon. Zum hundertsten Mal. *LoL* für mich. Zum tausendsten Mal. Zu dritt auf dem Sofa. Wir haben M&M's gegessen. Dann hat er uns ins Bad geschickt. »Ordentlich Zähne putzen. Zähne sind wichtig; sie wachsen nicht nach. Gesicht. Hände. Ohren. Achtung, ich komme kontrollieren.« Wir schrien, wir lachten. Wir waren an ein und demselben Tag Erwachsene und Kinder gewesen. Wir hatten unseren Vater ganz für uns allein gehabt. Wir würden einen Swimmingpool im Garten bauen. Er würde neue Arbeit finden. Großvaters Krebs würde vielleicht heilen. Der gelungenste Tag unseres Lebens. Es hatte vorher schon mal einen gegeben, aber da war auch noch Mama dabei. Dieser Tag war der gelungenste unseres Lebens mit Papa. Scheiße. Ich habe es hingeschrieben. Aber es stimmt: An diesem Tag war er der tollste Papa der Welt. Er las uns im Bett *Hänsel und Gretel* vor. Das Buch hatte er immer Tante Anna vorgelesen, als sie klein waren, und Tante Anna hatte die Bettdecke bis zur Nase hochgezogen und geflüstert: *Sprich leise, Worte mir Angst.*

Wir umarmten uns. Umarmten uns ganz lange. Dann wiederholte er, dass er uns lieb hat, dass er uns lieber hat als alles auf der Welt, dass jetzt Schlafenszeit ist, dass morgen Schule ist, dass es ein harter Tag wird.

Und es wurde Nacht.

19/05

Sacha und ich werden in die Elfte versetzt. Ganz locker. Durchschnitt 16,2 (sie) und 15,8 (ich). Die Rache für Schinken und Nägel. Wir sind die Größten. Wir sind die Schönsten. Unsere Mütter flippen aus. Sie gehen mit uns shoppen. *Unlimited shopping, Mädels!*

Nicht übertreiben. *Unlimited* heißt vierhundert Euro. Höchstens. Aber immerhin.

Und dann hat man Mama mitgeteilt, dass du raus bist. Ein paar Sekunden lang war sie wie versteinert. Man musste sie hinsetzen, beruhigen. »Er kommt nicht zurück, Madame, er wird nichts verlangen.« »Nicht einmal, uns zu sehen?« »Machen Sie sich keine Sorgen.« Alle waren nett zu ihr. Eine Frau gab ihr eine Tablette. »Das wird Sie entspannen.« »Wir haben also nichts zu befürchten?«, fragte meine Mutter. »Nichts. Er hat gesagt, er wird verschwinden, und Sie werden nie mehr etwas von ihm hören. Er hat um Verzeihung gebeten, aber er weiß, dass er sie nicht bekommen wird.« »Also ist es jetzt so, als wäre er tot«, sagte meine Mutter. Léon hat noch angegeben und gesagt, wenn du zurückkommst, bringt er dich um, und die Olive gleich: »Ich helfe dir dabei, Motorradkumpel.« Dann haben sie wieder ihr bescheuertes Ding mit den Fäusten gemacht.

An dem Tag, drei Jahre nach der Nacht des Hundes, an diesem Montag, am 7. Januar 2010, habe ich – ohne dass mein Kiefer wehtat, ohne dass sich die Worte in meinem Mund überschlugen, ohne Traurigkeit, ohne jeden Schmerz –, habe ich einfach gesagt: »Papa ist weg«, so wie ich gesagt hätte: »Der Sturm ist vorbei«, »Das Feuer ist aus«, oder »Wir können essen.«

Und es hat sich so angefühlt, als würden sich plötzlich tausend Tonnen Dreck und Blut von meinen Schultern, meinen Hüften lösen und an meinen langen Beinen herunterrinnen.

Und ich ließ es fließen, reichlich, warm und klebrig. Mama nahm mich in die Arme. Sie zitterte. Das Blut aus meinem Bauch tropfte auf ihre Füße, bevor es der Wohnzimmerteppich aufsog. Sie weinte. Ich lächelte. Mein Grübchen lächelte. Ich fühlte mich leicht. Gereinigt. Lebendig.

Es war, als wärst du tot.

21/05

Heute werde ich siebzehn. Heute früh ist mein Großvater gestorben. »Supergeschenk«, meinte Sacha. Ich fahre nachher nach Lille. Drei Stunden Zugfahrt. Ohne Umsteigen. »Du musst nicht hinfahren«, hat meine Mutter gesagt. Aber ich will gerne. Sie kommt nicht mit, Léon auch nicht, er hat verkündet, dass ihn das kalt lässt, dass es nicht sein Großvater ist, dass sein richtiger Großvater der Vater von der Olive ist. Dass der Vater eines Mörders keine Reise wert ist.

22/05

Ich bin bei Tante Anna. In einem sehr schönen Zimmer mit Blick auf den Garten. Sie wohnen in einem kleinen Haus in der Altstadt von Lille. Heute früh sind wir nach Cambrai zu Colette gefahren. Sie saß da und zitterte nicht mehr. Genau in dem Moment, als mein Großvater starb, sind ihre Hände wie zwei verfaulte Früchte auf ihre Knie gefallen. Ihre Lippen haben aufgehört zu mümmeln und haben sich geschlossen. Ihr Kopf ist sanft zur Seite gekippt und hat aufgehört zu wackeln. Innerhalb von einer Stunde waren ihre Haare weiß geworden. Wie ein kleiner Brautschleier. Ich habe mir überlegt, dass sie gezittert hat, weil das Leben meines Großvaters in ihr atmete, und nun gab es keinen Atem mehr, nur Resignation. Reglosen Kummer. Schwer wie Stein. Sie hat mich in ihre gefühllosen Arme genommen. Wir haben uns lange festgehalten. Danach hat sie uns erzählt, dass die letzten Wochen entsetzlich waren, er konnte nicht einmal mehr den Saft aus den Clementinenstückchen schlucken, die sie über seinem Mund ausgedrückt hat. Der Saft ist über seine Lippen auf sein Kinn gelaufen, seine Zunge hatte nicht mehr die Kraft, ihn wegzulecken. Er hat gar nichts mehr gewogen. Das nicht messbare Gewicht des Bedauerns. Wie bedauert man, nicht genug geliebt zu haben, wenn man stirbt? Er hat sie nicht mehr erkannt. Seine Augen blieben zu, aber die Tränen liefen weiter. Weinte er wegen dem, was mein Vater getan hatte? In den letzten Wochen zitterte Colette mehr denn je. Heftig, wie ein Orkan, als wolle sie einen Dynamo antreiben, der in meinem Großvater einen Funken Leben erhielte. Ihre Bewegungen haben im Haus viel Schaden angerichtet. Tante Anna und ich haben den ganzen Vormittag saubergemacht, den Dreck des langsamen Sterbens beseitigt, die Trümmer eines Lebens und die Erinnerungen aufgesammelt. In der Unordnung fand ich eine Ansichtskarte von meinem Vater aus dem Sommer 1983. Tante Anna und er waren im Ferienlager in Alpe d'Huez. Er war dreizehn. »Ich entschuldige mich, dass ich böse zu dir bin«, schrieb er an Colette, »ich werde versuchen, mich anzustrengen. Aber glaube nicht, dass du meine Mutter bist, auch nicht die meiner Schwester.« Ich hatte nie darüber nachgedacht, dass mein Vater mal dreizehn war, dass er so eine Kindheit hatte – eine kleine Schwester gestorben, die andere, die nur halb sprach, eine Mutter, die weg, verschwunden war. Und Colette im Zentrum seiner Wut, die damals schon darunter litt, zwischen allen Fronten zu stehen.

Heute Abend ist Tante Anna mit uns ins Restaurant gegangen. Onkel Thomas kam auch. Colette hat nicht viel gegessen, sie hat viel geweint und das Gesicht hinter der Serviette versteckt. Sie tut mir leid, weil sie nett ist. Sie war für Léon da wie eine Mama. Sie ist in der schrecklichen Nacht sofort gekommen. Als man mich mit Blaulicht ins Krankenhaus gebracht hat, während meine Mutter in Nizza oder Paris mit einem Kerl schlief, während unser Leben abgestürzt ist.

Es ist spät, aber ich werde trotzdem Sacha anrufen. Weil ich mich jetzt, in diesem Moment, wirklich nicht so toll fühle.

23/05

Vorhin bin ich an unserem alten Haus vorbeigegangen. Die neuen Bewohner haben oben Blumen in die Fenster gestellt. Du wirst es nicht glauben, Sacha, es sind Hyazinthen. Die Erinnerungen kamen wieder hoch. Mein Vater. Meine Mutter. Wir alle. Bruchstücke meiner Kindheit. Wie kleine Teile eines Puzzles. Wir sahen nicht, welches Bild am Ende herauskommen würde, aber wir waren so neugierig. Dafür sind wir gewachsen, wollten schnell groß werden. Ich habe mir überlegt, dass man das Glück erst im Nachhinein begreift; man weiß nie, dass man es gerade erlebt, im Gegensatz zum Schmerz. Seitdem ich hier bei Tante Anna bin, will ich glücklich sein. Will Frieden in meinem Leben. Total verrückt. Ich habe heute Nachmittag sogar meinen Therapeuten angerufen, um darüber zu sprechen. Über das unerwartete Bedürfnis, meine Familie, meinen Platz wiederzufinden. Er sagte: »Das ist gut, Sie wollen für das leben, was Sie sind. Nicht für das, was Sie erlebt haben. Endlich.« Das, was ich erlebt habe, wie er sagt, zieht immer Mitgefühl, Kummer, Ablehnung, Verachtung nach sich. Ich muss an den Blödmann aus meiner Klasse denken, der mich Photoshop genannt hat. Ich habe nichts gesagt. Blödheit heilt man nicht mit Schlagfertigkeit. Die lässt sich gar nicht heilen. Ich habe Tante Anna gefragt, ob sie weiß, wo mein Vater ist. Sie hat ganz überrascht geguckt. »Warum?«

»Damit du ihm sagen kannst, dass sein Vater tot ist.«

23/05 (23.20 UHR)

Ich frage mich, ob er traurig sein wird. Ich weiß nicht, ob ich traurig wäre. Morgen ist die Beisetzung.

24/05

Es war superschönes Wetter. Vielleicht waren deswegen so viele Leute da. Lauter Witwen und alte Jungfern, hat Tante Anna gesagt. Kundinnen aus Raismes, aus Jenlain, aus Saint-Aubert, aus der Zeit, als mein Großvater der große Chemiker war, der *Held dieser Frauen*. Nachdem ich ihn tot gesehen habe, ganz von innen aufgefressen und aufgesaugt, kann ich mir nicht vorstellen, dass er so einen Charme hatte, dass sie alle für ihn geschwärmt haben. Warum war meine Großmutter so traurig, dass sie ihn verlassen hat? Dass sie ihre Kinder verlassen hat? Ein paar Leute haben nette Dinge über ihn gesagt. Colette wollte einen Abschnitt aus dem *Kleinen Prinzen* vorlesen, aber sie hat zu sehr geweint. Die Tränen haben ihre Worte ertränkt. Danach gab es einen Empfang im Café neben der Drogerie, in der er gearbeitet hat. Da war er öfter. *Kir, pain surprise, macarons.* Beerdigungen machen hungrig, die Leere macht hungrig. Einige Leute erkannte ich. Seltsame Gestalten. Und plötzlich er. Ein Schock. Er hatte zwanzig Kilo zugenommen. FFF. Das war ein Jugendfreund meines Vaters, sein bester Freund sogar. Er hat uns manchmal Geschenke gebracht und gesagt, er werde immer für uns da sein. Gelogen hat er, wie alle Erwachsenen. Ich habe ihn so lange angestarrt, bis sich unsere Blicke gekreuzt haben. Er hat sich nicht gerade auf mich gestürzt, eher versucht, mir auszuweichen, ich weiß genau warum. Ich bin trotzdem hingegangen. Großes Schweigen. Er trank zwei Kir hintereinander. Auf ex. Seine Frau sah ihn böse an. Dann hat er sich bei mir entschuldigt. Bei mir. »Entschuldige, Joséphine, entschuldige, dass ich deinen Vater habe fallen lassen, nachdem er das getan hat, dass ich nicht sein Freund war, sein echter Freund, bis zum Schluss, dass ich mich nie nach dir erkundigt habe.« Er hat gesagt, dass er sich schämt. Sieben Jahre Scham. Sieben Jahre Unglück. »Ich hatte Angst. Jeden Morgen ist mir übel. Ich scheiße Blut. Meine Finger werden steif, ich kann niemandem mehr die Hand drücken. Mein Verrat bringt mich um, Kleine, Freundschaft muss auch an den Tagen da sein, wo man wütend wird, wo man verrückt wird. Durchdreht. An den Tagen, wo das Leben Amok läuft. Er fehlt mir, dein Dreckskerl von Vater. Seine Feigheit fehlt mir. Das war doch nichts anderes, als eine riesige und schüchterne Liebe zum Leben. Ich saufe zu viel seit dieser schrecklichen Nacht. Schon früh am Morgen denke ich an ihn und versuche, ihn zu ertränken. Ich vergifte mich. Ich bringe mich langsam um. Ich kann mir nicht verzeihen, Joséphine, und du hast das Recht, mich zu verachten, mir ins Gesicht zu spucken. Ich bin kein toller Kerl. Eher ein Scheißdreck.«

Seine Augen glänzten. Die Rührung, der Kir, die Schande. Schlechte Mischung.

»Du bist ein Scheißdreck, FFF.« Ich habe vor ihm ausgespuckt. Seine Frau hat ihn am Arm gepackt und daran gezogen wie an einer Hundeleine. Im Vorbeigehen hat er ein anderes Glas von einem Tisch genommen und wollte trinken. Sie hat ihm eine geknallt. Das Glas ist zerbrochen, der Kir über den Boden gelaufen. Wie durchsichtiges Blut. FFF hat mich verzweifelt angestarrt, während ihn seine Frau hinaus auf den Bürgersteig schob. Draußen ist er zusammengebrochen. Das schlechte Gewissen nagt an ihm. Das ist sein Krebs. Und ich dachte: Umso besser, wenn er krepiert.

Bin ich verrückt, dass ich einem Menschen den Tod gewünscht habe?

20.10 Uhr. Zu spät, um meinen Therapeuten anzurufen.

24/05 (SPÄTER)

Tante Anna und ich haben uns in der Küche getroffen. Onkel Thomas schlief. Wir konnten beide nicht einschlafen. Sie hat eine Weinflasche aufgemacht und Käse rausgeholt, wir haben Brot getoastet, das vom Frühstück übrig war. Wir haben über tausend Dinge geredet. Ein bisschen mühsam, aber wir hatten alle Zeit der Welt. Außerdem habe ich sie sehr gern. Seit Jahren habe ich mich nicht mehr so mit meiner Mutter unterhalten. Sie spricht sowieso nicht mehr allzu viel mit uns, sie verreist immer öfter für ihre Arbeit, manchmal bleibt sie mehrere Tage im Ausland. Die Olive kümmert sich um Léon. Er hat ihm das Motorradfahren beigebracht. Sogar das Rückwärtsfahren. Schwachsinn! Genau das Richtige, um einen Unfall zu bauen und im Rollstuhl zu enden. Sie sagen, ich soll mich um meinen Mist kümmern, und am Ende gibt es immer Krach. Zu zweit sind sie unerträglich. Ich kann es kaum abwarten, nächstes Jahr nach meinem Abi endlich zu verschwinden. Tante Anna und ich haben über viele Dinge geredet. Sie hat schöne Erinnerungen an ihren Bruder. Es fällt mir schwer zu glauben, dass sie von meinem

Vater spricht. Dass er so gewesen ist: ein cooler Bruder, immer für sie da, total fürsorglich. Sie hat mir erzählt, dass er ihr einmal lauter Malabar-Kaugummis gekauft hat, weil er dachte, wenn sie die kaut, stärkt das ihre Mundmuskulatur und gibt den fehlenden Wörtern die Kraft, herauszukommen. Im Ferienlager bestand er darauf, nachts bei ihr zu bleiben, weil sie Angst hatte. Und damit er ihr vorlesen konnte, ohne dass sich jemand über sie lustig machte. Als sie Thomas kennenlernte, wurden die drei unzertrennlich. Sie hat meinen Vater vor fünf Jahren in der Psychiatrie besucht, als wir nach Lyon umgezogen sind. Als sie ihm meine SF erzählt hat, hat er geweint. Sie hat ihm auch gesagt, dass Léon und ich alles von ihm verbrannt haben, sogar seinen Namen. Danach wollte er niemanden mehr sehen und zwischen ihnen herrscht Funkstille.

Draußen wurde es hell, wir gähnten. Dann hat sie mir einen Umschlag gegeben. Zu meinem Geburtstag. Es waren die einzigen beiden Dinge, die sie bei ihrer Mutter gefunden hatten, der Mutter von meinem Vater und ihr.

»Es ist ein Geschenk, das zeigt, dass das Glück existiert, dass es auf jeden Fall irgendwo existiert hat, Joséphine.«

In dem Umschlag waren zwei Fotos. Auf dem ersten sieht man Zwillinge, zwei kleine Mädchen in rosa Kleidern, sie sind blass, sie sind schön. Sie stehen in einem Garten und lachen. Sie scheinen unsterblich. Hinter ihnen blühen Hyazinthen in der Farbe ihrer Kleider. Auf dem zweiten, einem Automatenpassbild, ist ein kleiner sechsjähriger Junge zu sehen, ordentlich gekämmt, in weißem Hemd mit zugeknöpftem Kragen. »Das Foto war für seine Anmeldung im Judoklub, aber dort ist er nicht lange geblieben«, hat mir Tante Anna erklärt. »Er hat mir erzählt, dass der Tag, an dem das Foto gemacht wurde, der schönste seines Lebens war.«

Danach war er mit seiner Mutter im Kino gewesen und sie hatten Eis gegessen.

An dem Tag hatte seine Mutter einen ganzen Film lang seine Hand gehalten. Der schönste Tag im Leben meines Vaters.

Morgen fahre ich nach Hause.

27/08

Sacha und ich sind seit vier Wochen in Spanien. Wir feiern unser Französischabi. (Sie 16,1. Ich 15,9. Ich bin eine Niete). Sacha hat beschlossen, Mathe zu studieren, ich Chemie. Wie mein Großvater, aber im Gegensatz zu ihm möchte ich Spuren hinterlassen, keine beseitigen. Ich möchte eines Tages Parfüms kreieren.

Hier tanzen wir manchmal die ganze Nacht. Sacha geht viel mit Jungs aus. Sie verarscht sie. Sie hat immer gesagt, sie will nur Liebhaber. Bei mir ist das komplizierter. Die Jungs verstehen nicht, dass ich sie nicht küssen will. Wenn sie darauf bestehen, sage ich, ich leide an *Philematophobie*. Sie müssen denken, das ist eine Geschlechtskrankheit. Das treibt sie in die Flucht, die armen Süßen. Aber gestern kannte ein Junge nicht nur das Wort, er hat es so erklärt: »Das kommt daher, dass noch nicht alle deine Kinderwörter rausgekommen sind.« Das hat mich umgehauen. Noch dazu ein hübscher Typ.

Und an einem Morgen des siebten Winters hat mich Tante Anna angerufen. Sie hatte einen Brief von dir bekommen. Du warst in Mexiko. An der Westküste. Die Worte sagten nicht viel, nur, dass du vielleicht nicht tot warst. Ein neues Leben. Ein neuer Freund. Ich konnte den ganzen Tag an nichts anderes denken. Am Abend sagte mein Therapeut, ich sähe nervös und blass aus. Er machte sich Sorgen. Ich habe geantwortet, dass mir übel sei. Er hat gefragt, ob mir übel sei, weil ich wisse, dass du am Leben bist, irgendwo. Ich sagte nein. Er bestand darauf. »Nein, nein, nein«, habe ich wiederholt. »Was dann? Was ist es?« Da bin ich zusammengeklappt. Tonnen von Tränen. Niagara-Joséphine. Ich konnte nicht mehr aufhören. Seine Kleenex-Packung war nach zwei Minuten leer. Er reichte mir seinen Hemdenzipfel, da musste ich zwischen meinen Schluchzern lachen und habe mich ein bisschen beruhigt. »Ich habe noch mehr«, fügte er hinzu. »Ich habe ganz viele Hemden.« Da ging es wieder los. Wasser in Strömen. Ich Niete.

Und dann hat er diesen tollen Satz gesagt, den ich nie vergessen werde. »Eine Geburt ist immer voller Wasser, voller Tränen. Willkommen, Joséphine. Willkommen.«

22/12

Mein Flug geht in zwei Stunden. Um mich herum sitzen lauter Leute, die in die Ferien, in die Sonne wollen. Blass wie ein Hintern. Sie reden unentwegt. Ganz aufgedreht. Als hätten sie Angst vor der Stille. Ich will Stille, ich will Wind, Rauschen von Wellen, Wärme. Natürlich ist Mama durchgedreht, als ich ihr gesagt habe, dass ich wegfahre. Sie hatte mit der Olive irgendwas für Weihnachten geplant, ganz kuschlig *en famille*. Von wegen. Ihr hattet vielleicht geplant, euch nicht gerade Weihnachten zu trennen, damit wenigstens noch bis Neujahr zu warten. Wir sind keine Familie, Mama, das glaubt höchstens Léon. Wenn überhaupt. Ohne dich. Seine Familie ist die Olive. Motorradkumpel. *Give me five*. Nach den Tattoos werden sie sich irgendwann die Mädchen teilen. *Toriwakeru* (teilen, sich bedienen). In der Schule steigt er aus, und du merkst nichts. Er verliert seinen kindlichen Charme, dein Sohn sieht aus wie ein kleiner Greis. Im letzten Jahr hast du nur dich angeguckt. Deine kleinen Falten neben den Augen, jede Sekunde. Die kleine Wölbung an deinem Unterbauch. Eine halbe, dann eine ganze Hosengröße mehr. Die Zeit macht dich wahnsinnig. Die Zeit, die vergeht und verdirbt. Ich wollte mit dir über mich reden, über Zeit, die vergeht und heilt. Aber das interessiert dich nicht. Du hast meine Fortschritte nicht bemerkt. Du hast nicht gesehen, dass der Schinken blasser wurde, dass die Farbe in Richtung eines gebratenen Putenschnitzels ging und sich meinem normalen Teint näherte, dass mein Grübchen wiederkam. Du hast mir nicht gesagt, dass ich wieder (fast) hübsch war. Du hast mich gefragt, wie ich dich finde, du hast Léon gefragt, wie er dich findet. Ich habe dir gesagt, dass du mit solchen Fragen am Ende zu einer von diesen Frauen wirst, die von den Männern mit einem Blick erobert und im Morgengrauen sitzengelassen werden. Ich habe dir gesagte, dass sich deine Schönheit schließlich in Beliebigkeit auflösen wird. Ich habe dich immer sehr schön gefunden, Mama, als du nicht darauf geachtet hast. Als deine Schönheit ein Geschenk war. Tante Anna hat mir von dir und Papa erzählt, als ihr zusammen wart. Von eurer wilden Anfangszeit. Meiner Geburt. Deinen ersten Zweifeln. Da wolltest du schon weg, warst nicht sicher, ob du ihn immer lieben würdest. Uns immer lieben würdest. Weißt du, dass man weggehen kann, auch wenn man bleibt? Darin bist du Weltmeisterin. Ich war traurig. Ohne die Liebe einer Mutter gedeiht man krumm. Wächst man schief.

22/12 (SPÄTER)

Ich habe mit Sacha telefoniert. Sie ist mit ihren Eltern in Uriage. Sie stellen den Tannenbaum auf und schmücken ihn. Ihr graut davor. Wir haben gelacht. Ich mag ihr Lachen. Wir telefonieren bald wieder.

22/12 (IM FLUGZEUG)

Filme, na ja. Futtern, na ja. Wenigstens sitzt keine Dickmadame oder irgendein Vollidiot neben mir. Sondern ein altes Ehepaar. Sie halten sich bei der Hand. Sie sprechen nicht miteinander. Ich glaube, sie beten. Sie hat ihm vorhin sein Hühnerfleisch klein geschnitten, die kleinen Knoblauchstücke aus den Erbsen gesucht. Er kaut langsam. Manchmal wischt sie ihm die Lippen ab. Alle zwei Stunden gibt sie ihm Tabletten, er hat immer etwas Mühe, sie zu schlucken. Sie hilft ihm, den Kopf nach hinten zu neigen, damit er Wasser trinken kann und die Pillen besser rutschen. Sie sehen keine Filme. Sie lesen nicht. Sie reden nicht miteinander. Sie halten sich nur bei der Hand. Eines Tages werde ich auch jemanden so bei der Hand halten, und ich werde nie mehr Angst haben. Eines Tages. Ich habe mit meinem Therapeuten lange über diese Reise gesprochen. Er denkt, ich bin soweit. Trotzdem habe ich Angst. Und bin zugleich unglaublich glücklich, dass ich mich traue, sie zu unternehmen. Und wenn? Er hat gesagt, ich soll mir keine Fragen stellen, die Abreise sei schon die Antwort. Die Reise zählt mehr als das Ziel. Aber ich glaube, das Schlimmste wäre, nicht erkannt zu werden. Eine Unbekannte zu sein. Das heißt auf Spanisch *Desconocido*. Da hat er etwas Unglaubliches gemacht. Er hat mein Gesicht gestreichelt, die linke Seite. Und gesagt: »Das passiert nicht, Joséphine.«

Ich weiß nicht, warum, aber ich habe ihm geglaubt.

22/12 (IM FLUGZEUG, NACH EINEM SCHLÄFCHEN)

Schon neun Stunden Flug. Noch etwas weniger als vier. Das dauert vielleicht. Man isst pausenlos. Ich habe einen James Bond gesehen. Mit Eva Green. Sie sieht ein bisschen aus wie Sacha (oder andersrum). Irgendwas in ihrem Lächeln, eine Mischung aus Raubtier und Zärtlichkeit. Supersexy. Neben mir halten sie immer noch Händchen. Er ist eingeschlafen, mit dem Kopf auf ihrer Schulter. Sie wagt nicht die geringste Bewegung, aus Angst, ihn zu wecken. Vorhin habe ich ein Programm mit Chansons gehört. Da gab es ein altes Lied, das ich nicht kannte. Eine Sängerin. Der Text ging ungefähr so: *Erzählt mir von ihm / Wie ist sein Leben? / Ist er endlich glücklich?** Niagara-Joséphine *again*. Der Horror. Die Dame hat mir ein Taschentuch aus Leinen hingestreckt, ganz langsam, weil er immer noch schlief. Sie hat mich angelächelt, und ihr Lächeln war unglaublich menschlich.

23/12

Im Hotel habe ich erstmal zehn Stunden geschlafen. Tiefe, weiche Nacht. Ohne Träume. Ohne Schatten. Man müsste immer solche Nächte haben. Morgen mein erstes Weihnachten allein. Hier läuft Musik. Überall stehen Skulpturen von der Heiligen Jungfrau. Kerzen in Gläsern, die Seelenwege markieren.

* *Parlez-moi de lui.* Text von Jean-Pierre Lang. Musik von Hubert Giraud und Jean-Pierre Lang, 1973.

In seinem Brief an Tante Anna hat er geschrieben, dass er hier einen Freund gefunden hat. Pascual. Ich habe in dem Hotel angerufen, wo sie beide arbeiten. Dem *Desconocido*. Aber heute ist er nicht da. Pascual hat mir gesagt, dass er wahrscheinlich am Strand in Mayto ist, trotz Wind, weil die Sonne scheint. 20 Grad. Ein perfekter Dezembertag. Ein Weihnachtsgeschenk.

Er sitzt immer in der Nähe vom Hotel, hat Pascual noch erklärt. »Das einzige Hotel dort, Sie können es nicht verpassen, Señorita.«

Ich sitze im Bus. Ich halte mein Heft in den Händen, die Odyssee meines ermordeten Lebens. Meine Hände zittern wie die von Colette. Wegen der Wellblechstraße. Aber vor allem vor Angst, glaube ich. Nein, nicht Angst. Vor Freude.

Ich glaube, ich zittere vor Freude.

Der Bus hält extra für mich an. Der Fahrer zeigt mir den Weg zum Strand. Es ist windig. Die Wellen sind hoch. Wild. Keine Surfer. Der Ort ist fast menschenleer. Ich gehe ganz langsam. Meine nackten Füße versinken im warmen Sand. Da hinten sind ein paar Kinder. Sie spielen mit Stöcken und Hunden. Links sehe ich das Hotel. Es sieht geschlossen aus, beinahe verlassen. Ein Paar läuft am schäumenden Saum des Ozeans entlang. Manchmal, wenn die Wellen bedrohlich werden, machen sie einen kleinen Sprung zur Seite. Ich sehe sie an. Ihn vor allem. Nein. Das bist nicht du. Da hinten sitzen sie zu dritt vor dem Rauschen der Gischt. Ein Mann, eine Frau und ein Kind. Sofort strömen die Tränen. Ich erkenne den Hals. Den Rücken. Die Haltung im Sitzen. So saß er immer abends auf meinem Bett, im Schneidersitz, wenn er uns vorlas. Ich möchte schreien. Möchte rennen. Aber meine Hand hält mir den Mund zu. Meine Füße gehorchen mir nicht. Sie setzen ihren ruhigen Gang fort, führen mich zu ihnen, zu ihm.

Sie reden nicht. Das Kind hält einen Fußball an sich gedrückt. Die Haare der Frau peitschen die Wangen meines Vaters. Ich bin kaum noch fünf Meter hinter ihnen. Der Wind übertönt meine Anwesenheit. Noch zwei Schritte. Das Kind blickt zu den Wolken, dann zu meinem Vater.

»Warum regnet es, Antonio?«

Und jetzt bin ich da. Bei ihnen. Ich setze mich neben meinen Vater. Er erschrickt nicht. Er wendet mir sein Gesicht zu. Er lächelt mich an. Die Zeit ist vergangen. Seine Hand legt sich auf meine Schulter. Seine Finger drücken sie sanft. Er weint. Er wird mich nicht mehr davonfliegen lassen.

Dann erzählt er von Ranginui. Erzählt von Papatuanuku. Erzählt von der Mutter Erde. Erzählt vom Vater Himmel. Erzählt unsere Tränen.

Und schließlich hatten sich unsere Leben gelohnt.

DANKSAGUNG

Danke, für immer und ewig an Karina Hocine. An Anne Pidoux und ihr rotes Skalpell. An die wunderbare Isabelle Laffont. An Emmanuelle Allibert, Philippe Dorey, Laurence Barrère, Claire Silve, Eva Bredin, Marie Buhler, Muriel Gandy, Sophie Starkman, Gilles Laslier und das ganze Team Lattès.

Danke an die Journalisten, die Bücher lieben.

An die Buchhändler, die immer eine Ecke auf dem Tisch für ihre Lieblingsbücher freiräumen.

Ein riesengroßer Dank an die Leser. Sie machen aus den Büchern schöne Geschichten, sie haben immer das letzte Wort, und meist ist es ein ziemlich nettes.

Danke an meine Tochter Grâce mit dem passenden Namen, dank derer ich Joséphine zähmen konnte. An die Autoren des Musicals *Les Misérables* (nach Victor Hugo) die Antoine auf Seite 103 inspiriert haben. An Anne Petit-Perrin und ihren Bruder Alain, die mir die Geschwindigkeit des Sturzes eines Körpers aus der siebenten Etage erklärt und berechnet haben. An Gilles Dupart, den (exzellenten) Versicherungsexperten. An Vincent Leclabart, der mich an einem eisigen Februartag des Jahres 1998 in den damaligen Stürmen meines Lebens ins *Desconocido* geführt hat.

Und schließlich an Dana, die mir jeden Tag das Geschenk eines Morgen macht.